意味がわかるとゾクゾクする超短編小説　ゾク編

54字の物語 怪

氏田雄介　作・絵

PHP

彼のホラー小説には死後の世界を見てきたかのような妙なリアルさがある。噂ではゴーストライターを雇っているとか。

解説（かいせつ）

幽霊作家（ゴーストライター）

「ゴーストライター」とは、作者の代わりに文章を書く人のこと。作者本人ではなく、名前も表記されないことから「ゴースト（幽霊）」と言われていますが、本当の意味での「ゴースト」だったとしたら……？

彼のホラー小説で死後の世界がリアルに描かれているのは、「ゴースト」ライターが、死後の世界で過ごした実体験に基づいて執筆しているからでしょう。この『54字の物語 怪』はどうでしょうか？　ぜひ読んで確かめてみてください。

それでは、はじまりはじまり……。

目次

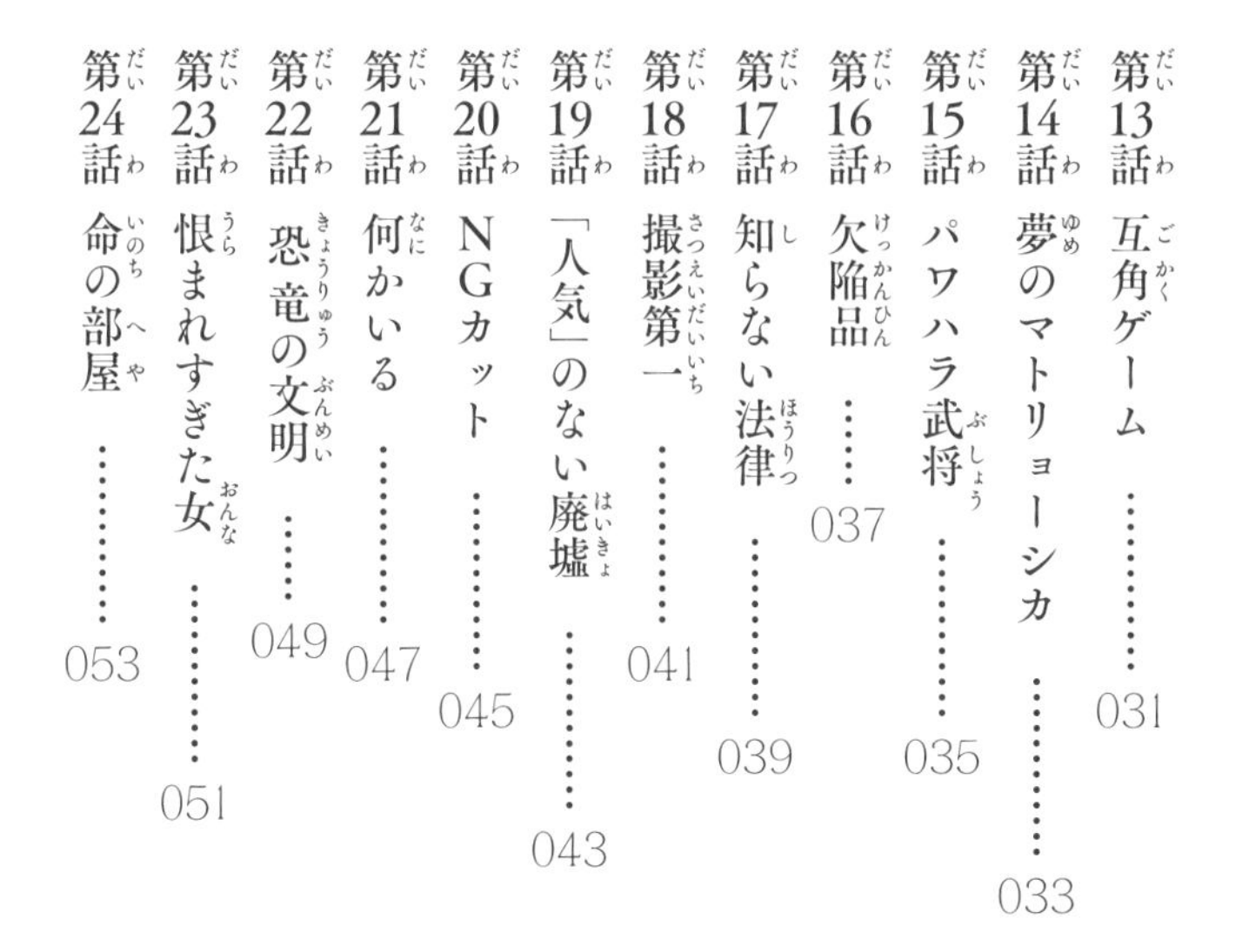

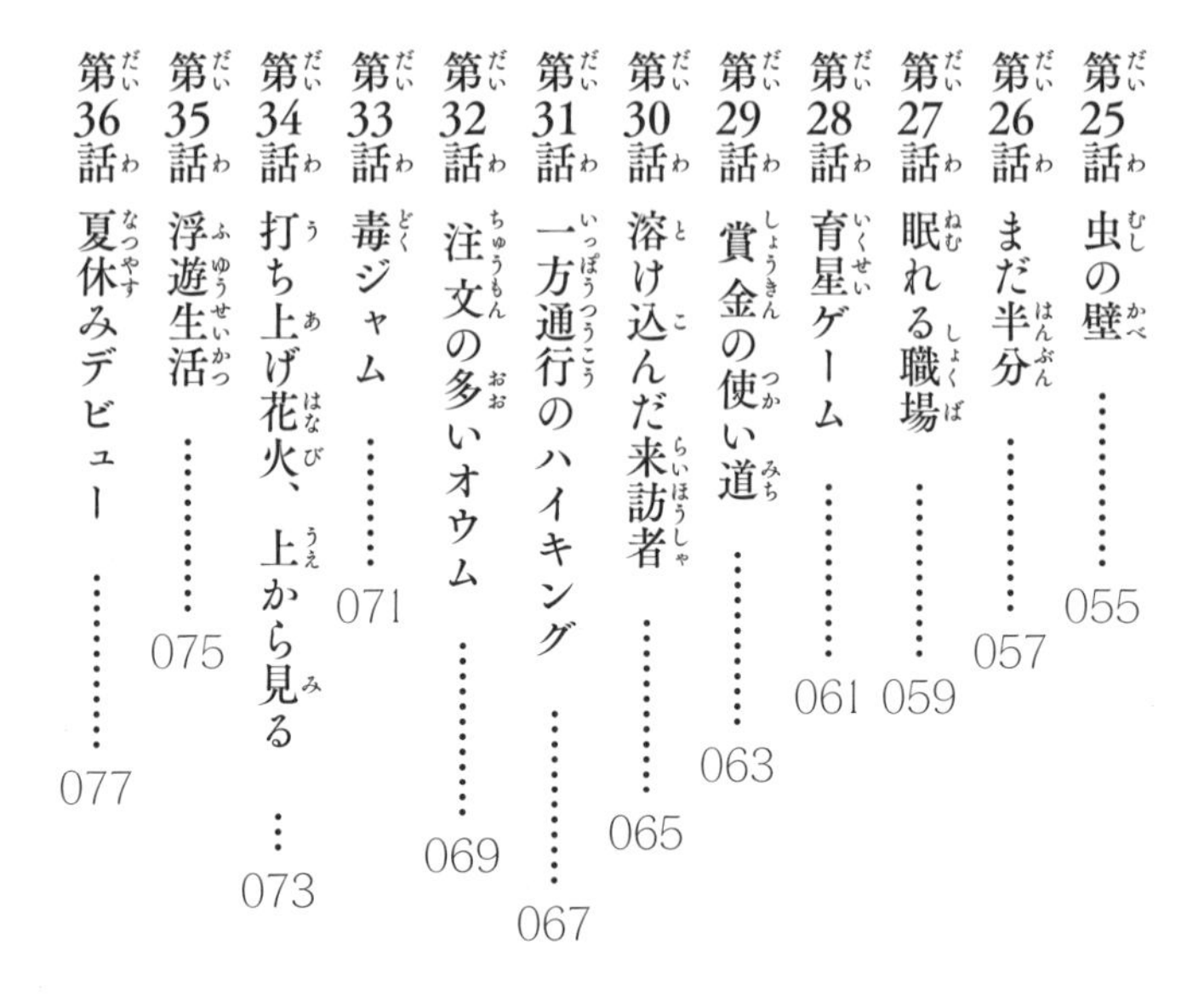

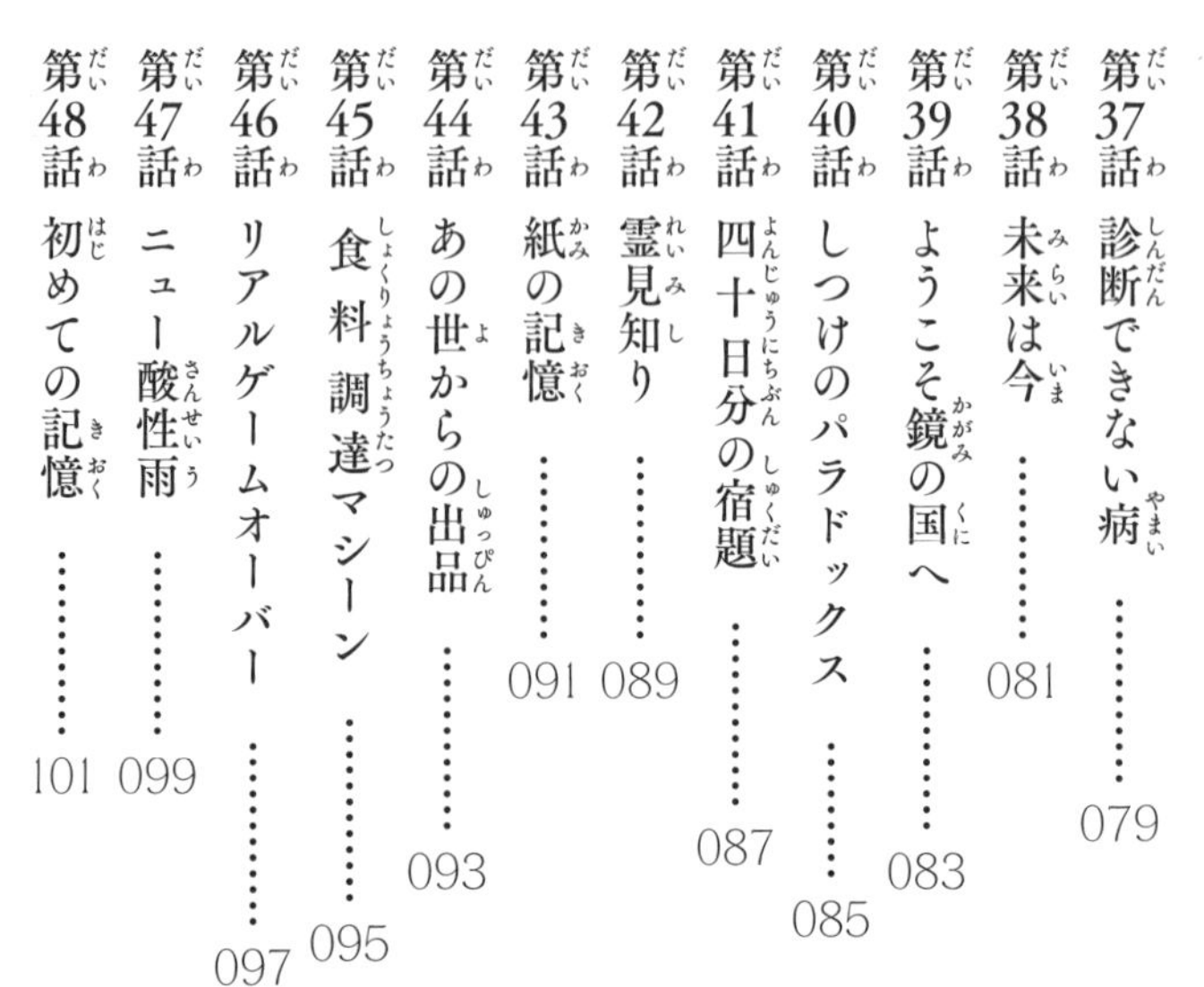

異様に安い物件を見つけた。都心で家賃が月一万円。事故物件ではないらしい。残念だ。仲間が見つかると思ったのに。

ゴースト・イン・ザ・シェアハウス

事故などで住人が亡くなった賃貸物件は、「事故物件」として驚くほど家賃が安くなることがあります。

事故物件ではいくつもの怪奇現象が起こるといいます。普通の人であればそんな家には住みたくないと思うでしょう。しかし、この物語の主人公は幽霊でした。幽霊にとって事故物件は賑やかなシェアハウス。自分と同類のルームメイトが住む安い物件を探して、不動産屋を巡っていたのでした。

それはそうと、事故物件でもないのに、こんなに家賃が安いのもちょっと怖いですよね。

「俺様は不死身だ！どんな攻撃でも死なない。お願いだから誰か聞いてくれ！」

荒れ果てた街に男の声が寂しく響いた。

不死身の末路

ある男が、地球上でたったひとり不死身の身体を手に入れました。度重なる戦争を生き抜き、どんな病気にも屈することなく何百年、何千年と生き続けますが、人類は次第に減少していき、とうとう彼以外の人類は滅亡してしまいました。

永遠の命を得ることに憧れる人もいるかもしれません。しかし、ずっと死なないということは、ずっと独りで生き続けなければいけないということ。彼はあと何万年、何億年、孤独に叫び続けるのでしょうか。

私は絶対に洗脳されないぞ。教祖様に教えてもらったこの呪文を毎日唱えてさえいれば、絶対に洗脳されることはない。

洗脳の呪文

誰かに洗脳されないように「洗脳を防ぐための呪文」を毎日唱える主人公ですが、それこそがすでに「教祖様」に洗脳されてしまっている証拠。

洗脳されている本人は、洗脳されていることに気づかないものです。

自分の意思で行動していると思っていたのに、実は他人によってコントロールされていたなんてことがあるかもしれません。でも大丈夫。この『54字の物語』という本があれば……。

私は訪問販売の営業マン。今日は防犯カメラがよく売れる。昨晩寝る間も惜しんで一軒一軒訪問した成果が出たようだ。

深夜の飛び込み営業

昼は防犯カメラの営業マンとして働き、夜は空き巣として悪事を働く男。自分で家を荒らし被害をつくることで危機感を煽り、防犯カメラの売り上げを伸ばすという恐ろしい手段です。

住民の間では空き巣被害の噂が広がります。そんな中、ベストタイミングで現れる防犯カメラの訪問販売。一度〝訪問〟したことがある家なので、どこから空き巣が入ってくるかの説明にも説得力が増すでしょう。

仕事にひたむきなのは良いことですが、決して真似はしないように。

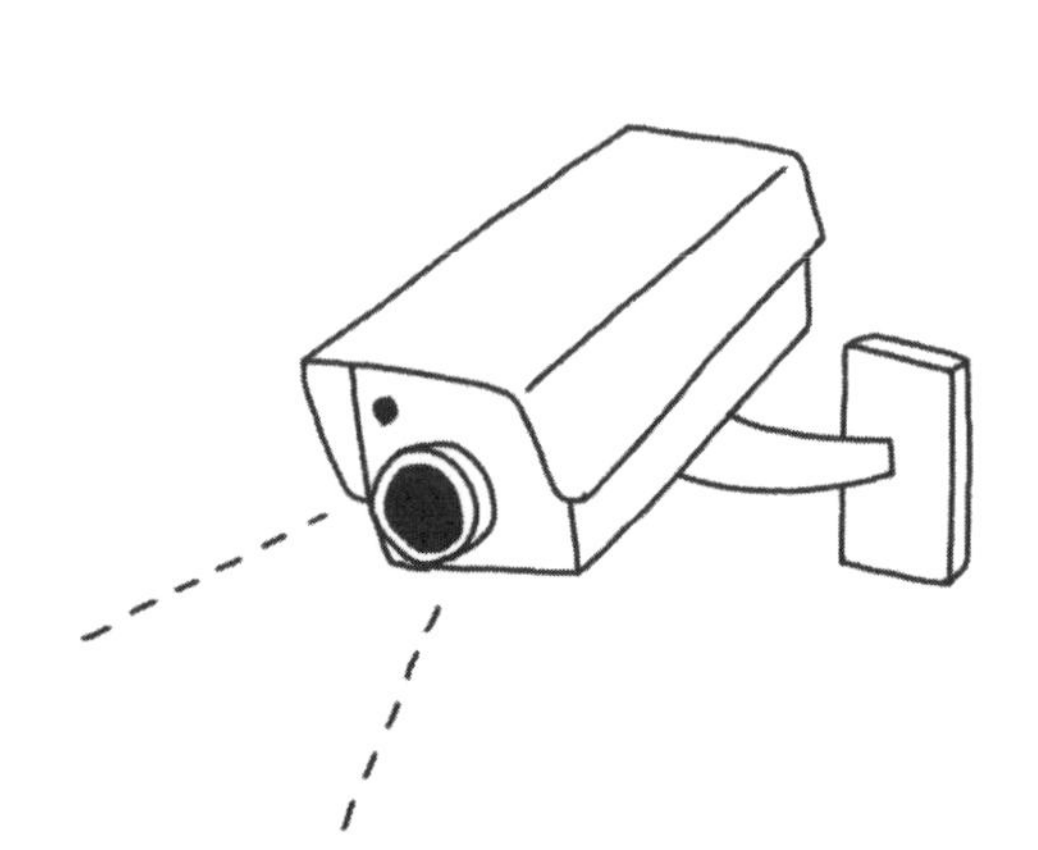

ねえねえ、この殺人事件の被害者、俺と同姓同名だよ。珍しい名前なのにこんなこともあるんだなあ。ねえ、聞いてる？

同姓同名

自分と同姓同名の殺人事件の被害者の名前をテレビで見かけ、珍しいなと驚いている主人公。実は主人公はすでに亡くなっていて、テレビで報道されている被害者とは主人公本人のことなのでした。

友人に問いかけてみますが、主人公はすでに死んでしまっていますから、返事は返ってこなくて当然。彼はいつ自分の身に降り掛かった事実に気づくのでしょうか。

笑(わら)いが止(と)まらなくなるウイルスだって？　そんなものを信(しん)じているなんて冗談(じょうだん)にもほどがあるぜ！　わははははははははは

感染笑

「感染すると笑いが止まらなくなる」というウイルスの存在を信じず、それを笑い飛ばす男。

それにしても笑いすぎでは？

なるほど、すでにそのウイルスに感染してしまっているようです。自分自身がウイルスの存在を証明してしまうなんて滑稽ですね。わはははははははははははははははははははははははははははははははは

大家さんは「お宅の隣には誰も住んでいませんよ」と言うけど、変だな。隣の人は「大家さんは先月亡くなった」って。

不確かな住人

大家さんと隣の人、どちらが正しいのでしょうか？

大家さんの言ったことが本当だとすれば、隣に住んでいる人は、いったい誰なんでしょうか。一方で、隣の人の言ったことが本当ならば、話してくれた大家さんは何だったのか、わからなくなってしまいます。

どちらが正しいにしても、恐ろしい事実があることに変わりはありません。

温暖化が進み、海も汚染されてしまった。見切りをつけて別の星に移住するしかない。人類は三つ目の定住地を探した。

二度目の移住

人類が住む地球では、温暖化や水質汚染など環境破壊が進んでいます。これに対して、火星への移住なども計画されているようです。

ところが、この物語では「三つ目の定住地」と言っています。つまり、すでに地球を脱出して別の星に移住したにもかかわらず、その星の環境をも取り返しがつかないほどに破壊してしまったようです。

はたして次の星はどこになるのでしょうか。そして、そこではうまく自然と共存できるのでしょうか。二度あることは三度あると言いますが……。

ある男が呪いの人形を拾ったが、彼の身には何も起こらなかったそうだ。就職も結婚も、あらゆることが、一生、何も。

何も起こらない

ある日偶然、道端で「呪いの人形」を拾った男。しかし、彼の身には何も起こらなかったようです。

「呪いの人形」ではなかったのでしょうか？　いいえ。この「何も起こらない」ということ自体が人形の「呪い」だったようです。

たしかに、人生における一番の不幸は、出会いもなく、職もなく、お金もない。「何もないこと」なのかもしれません。

私のドッペルゲンガーが近所に住んでいると知り、殺すことにした。家を出ようとドアに手をかけるとチャイムの音が。

気が合う二人

ドッペルゲンガーとは自分とそっくりな姿をした他人のこと。ドッペルゲンガーに会うとどちらか一方が死んでしまうという言い伝えもあるなか、自分の命を落としたくない一心で「私」は相手のことを殺そうと考えます。

しかし、家を出ようとした瞬間にチャイムの音が。そう、相手は姿形だけでなく考え方も全く同じ。相手も「私」のことを殺そうとしていたのです。

考えることが全く同じなら、決着もつかないかもしれませんね。

数年前、角の生えた人間が各地で現れ、調査のために捕獲された。現在私は角のない珍しい人間として監禁されている。

逆転マイノリティ

突然現れた角の生えた人間は、またたく間に世界中で増えて、いつの間にか角を持たない人間は自分ひとりになってしまいました。

少数派の人間は、周りから珍しがられてしまうもの。しかし、見た目や価値観は歴史とともに日々変化していきます。今、多数派の人々も、いつ少数派になるかはわかりません。

囲碁や将棋では全く勝てなくなったが、このゲームでならまだ互角に渡り合える。さすがは人工知能が考えたゲームだ。

互角ゲーム

近い未来の話。科学技術の発達により、人工知能はついに人間の知能を超え、将棋や囲碁などの対戦ゲームで人間は全く歯が立たないレベルに達しました。

そこで、人工知能は人間が生きがいを失わないように、自分たちと人間が互角に戦えるようなゲームを開発しました。

生きがいさえも人工知能にコントロールされている人間は、彼らの手のひらの上で踊らされ続けるのでした。

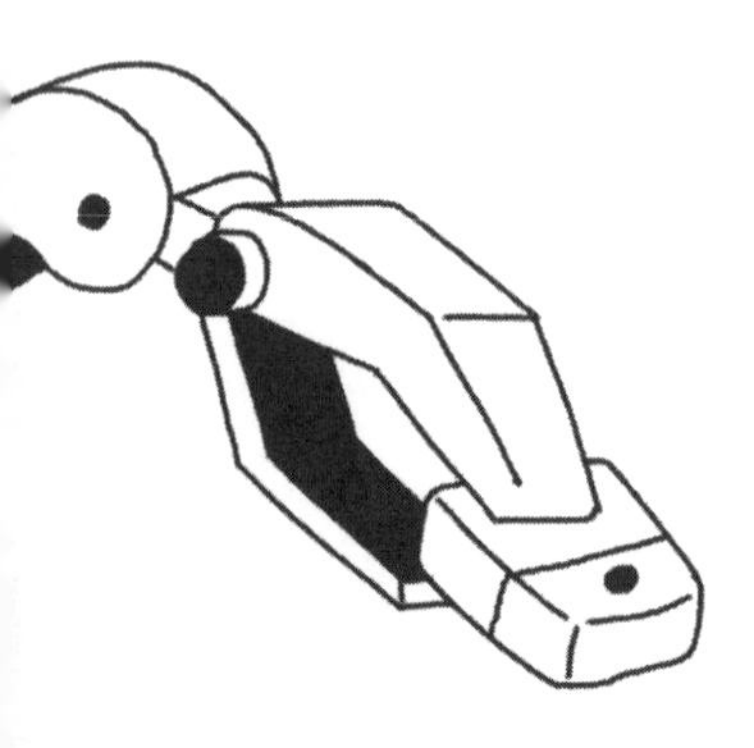

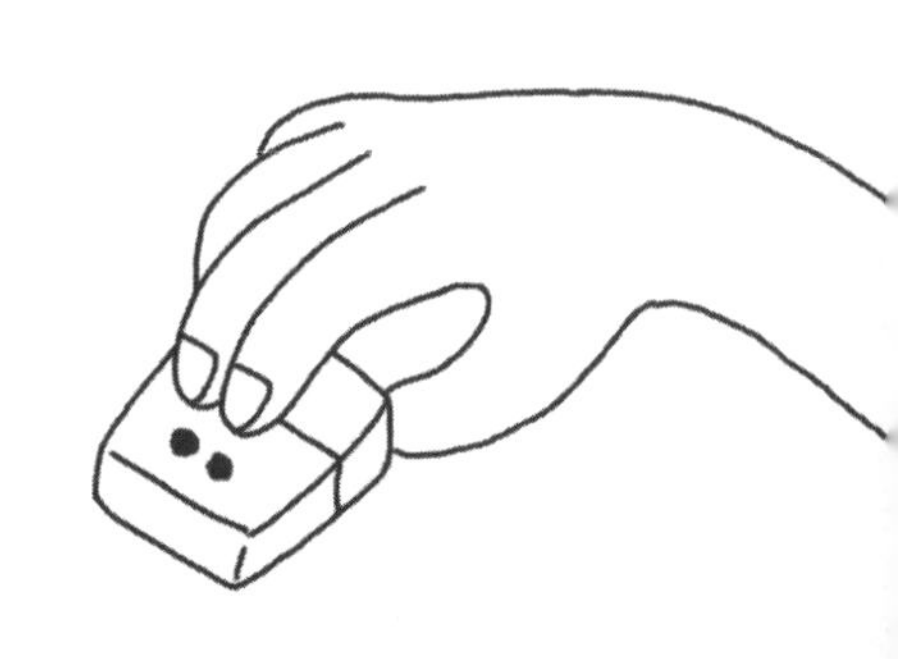

目を覚ますとまだ夢の中で、そこから目を覚ますとまた夢の中で、やっとの思いで目を覚ましたら、まだ夢の中だった。

夢のマトリョーシカ

朝、目を覚ましたと思ったら、「目を覚ました」という夢を見ていただけでした。その後、ちゃんと目を覚ませばいいのですが、それすらも夢だったとしたら……？

夢の中で何度も起き続け、永久に夢の世界から脱出することができない、なんてことがあるかもしれません。

もしかすると、今のあなたも「本を読んでいる夢」を見ているだけだったりして。

ホトトギスから武将に抗議文が届いた。「長時間ずっと監視されている」「過度な期待をされている」「殺されかけた」

パワハラ武将

戦国時代に活躍した3人の武将の性格をよく表しているといわれる句があります。

織田信長「鳴かぬなら 殺してしまえ ほととぎす」
豊臣秀吉「鳴かぬなら 鳴かせてみよう ほととぎす」
徳川家康「鳴かぬなら 鳴くまで待とう ほととぎす」

ホトトギスの抗議文は、パワハラ（※）とも言えるそのそれぞれの句に対するものでした。

どの抗議文が誰に書かれたものか当ててみてください。

※パワーハラスメントの略。自分の権力（パワー）や立場を利用した、嫌がらせ（ハラスメント）のこと。

上司から「お前は欠陥品だ」と怒鳴られた。パワハラモードには設定していないのに。この上司ロボも欠陥品だったか。

欠陥品

「お前は欠陥品だ」と怒鳴ってきた上司が、実はロボットだったという話。設定が「パワハラモード」になっていたわけではなく、どうやら上司ロボット自体が欠陥品だったようです。

欠陥品という言葉自体、人間に向かって使って良い言葉ではありませんから、この上司ロボットは相当な不具合が発生していたのでしょう。

長いことニュースを見ない間に新しい法律がたくさんできていたらしい。私は今「公然くしゃみ罪」で投獄されている。

知らない法律

日本では毎年新しい法律がたくさんつくられています。政治に関心を持っていないと、あなたの知らないうちにとても重要な法律が定められていることだってあるかもしれません。

この物語では「人前でくしゃみをしてはいけない」という法律が定められたのを知らなかった主人公が、外でくしゃみをして刑務所に入れられてしまいます。新聞やニュースでいろいろな情報を目にしていたら、こんなことにはならなかったかもしれませんね。

「すごい勢いで巨大な竜巻が迫って来ているぞ！早く逃げるんだ！」

「ちょっと待って！ピントがなかなか合わなくて」

撮影第一

命を脅かす巨大な竜巻が近づいているにもかかわらず、珍しい光景をカメラに収めることを優先してしまった人のお話。

たしかに大きな竜巻を間近で撮影してSNSにアップすれば、たくさんの「いいね」がもらえるかもしれません。しかし「いいね」よりも大事なものがあることを忘れてはいけません。

昔からあるボロボロの遊園地。連日大勢の来場客で賑わっていたが、突然の閉園。理由は利用者がいないためだそうだ。

「人気」のない廃墟

ボロボロの遊園地は、もはや廃墟と言っても過言ではないような状況でしたが、連日大勢のお客さんで賑わっていました。にもかかわらず利用者の減少が原因で閉園になってしまいます。

では、大勢いたように見えた人は何だったのでしょうか。彼らはそもそも人ではなかったのかもしれませんね。閉園後はさらに人ではないお客さんで賑わうことになるのかもしれません。

おばあさんが大きな桃を包丁で勢いよく切り「あ、しまった！」と言ったところで、このおとぎ話は終わってしまった。

NGカット

おとぎ話『桃太郎』で、大きな桃から桃太郎が生まれたことはとても有名なエピソードです。しかし、もし「あ、しまった！」の声と共におばあさんが桃を切るのに失敗して、桃太郎ごと切ってしまったら……。想像したくもないですね。

退治しにやってくるヒーローがいなくなってしまったことで、悪さをする鬼たちが栄華を極めることでしょう。

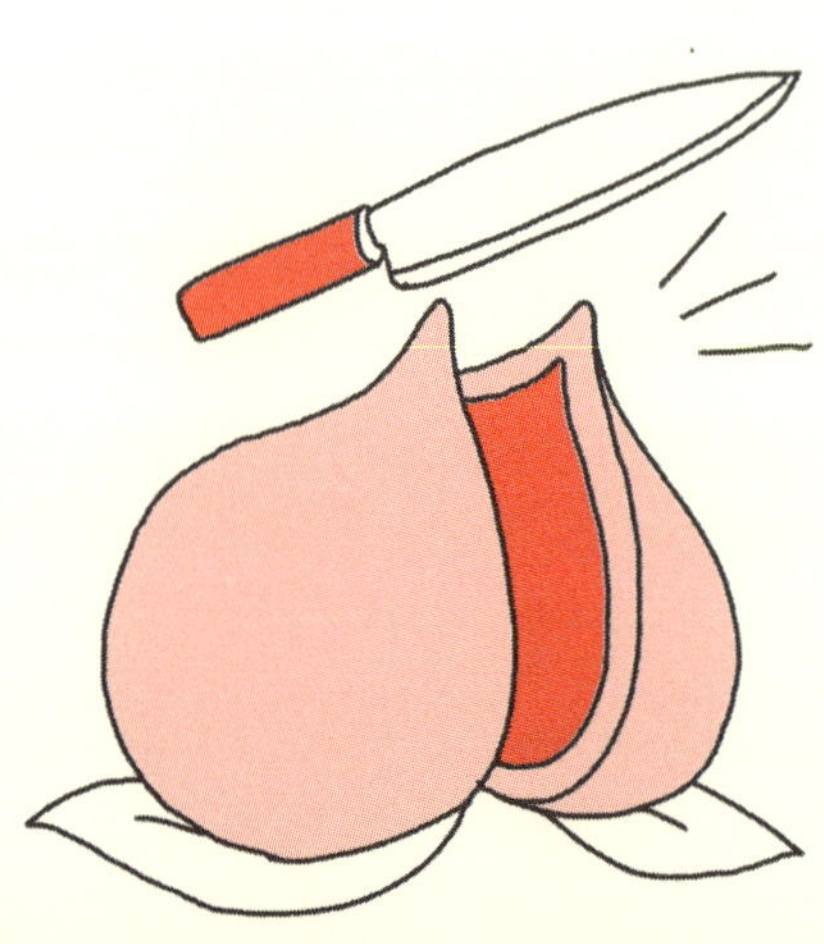

「ねぇ、今誰かの声が聞こえなかった？怖い！この部屋何かいるよ！」うん、聞こえてるよ。ところであなたは誰なの？

解説 かいせつ

何かいる

突然の怪奇現象におびえる声と、それに答える声。

普通の友達同士の会話に見えるかもしれませんが、その声は本来聞こえてはいけないはずの声でした。

怪奇現象の元となった何か、そしてそれに驚く何か。

少なくとも二人以上の霊がこの部屋には住みついているようです。

タイムマシンによって恐竜の絶滅阻止に成功した。元の時代に戻るとトカゲのような顔をした人々が街を闊歩していた。

恐竜の文明

タイムマシンで過去に戻り、恐竜たちを絶滅から救った博士。彼が元の時代に戻ると、高い知能を持つまでに進化した恐竜の子孫たちが、我々人間の代わりに高度な文明を築いていました。どうやら歴史が変わってしまったようです。

人間が誕生しなかった世界で、博士はどうやって生きていくのでしょうか。

「うらめしや…」「呪(のろ)ってやる…」「見(み)つけたぞ…」「お前(まえ)の首(くび)を…」ちょっと一度(いちど)に話(はな)しかけないで！また殺(ころ)すわよ！

恨まれすぎた女

女性の周りにたくさんの幽霊がまとわりついているようです。

さまざまな呪いの言葉を投げかけられていますが、女性は強気に言い返しています。そして最後に「また殺すわよ！」の一言。

女性は多くの人を殺してきた、大量殺人犯だったのです。これだけ多くの霊に取り憑かれるのも納得です。

気づくと俺は暗い部屋に紐でつながれていた。出してくれ。言葉にならない声をあげ、壁を強く蹴った。「動いたわ！」

命の部屋

気がつくと紐につながれ、暗い部屋にひとり。不安な状況の中、助けを呼び外に出ようとしますが、うまく言葉が出てきません。

理由はお母さんのお腹の中にいる赤ちゃんだから。壁のように思えたのは、お母さんのお腹で、紐はへその緒のことだったのです。

害虫の駆除を依頼されて駆けつけたがどこにもいない。一面真っ黒の壁をもう一度よく見た私は、思わず悲鳴をあげた。

虫の壁

黒い壁かと思っていたものは、大量の害虫が集まり張り付いている壁でした。

黒い壁に見えたということは数千、数万匹の虫の大群。悲鳴をあげるのも当然です。

壁がそんな状態になるまで放っていたなんて信じられませんね。

息は切れ、足はとうに限界を迎えている。最後の力で倒れ込むようにゴールした。「おめでとう、中間地点突破です！」――

まだ半分

相当な苦労をしながら、やっとの思いでゴールに倒れ込んだ主人公。ところがそれはゴールではなく、ただの中間地点だったのです。

つまり、今までの苦しい思いをもう一度しないとゴールできないということ。肉体的にも精神的にもやられてしまいそうですね。

「困ったことに従業員がみんな居眠りをしてしまうんです」

「どんなお仕事ですか？」

「牧場の羊を数える仕事でして」

眠れる職場

就業時間内にもかかわらず、どんなに真面目な人でも、ひとり、またひとりと眠りについてしまう不思議な職場。

眠れない時は羊を数えると眠れる、なんてよく言いますよね。しかし、羊を数える仕事があったとしたらどうでしょうか。羊を数え続けなければならないのに、数えているとどうしても眠くなってしまう。もしかしたら世界で一番つらい仕事かもしれません。

面白そうな新作のゲームが発表された。そろそろ地球の育成も手詰まりになって飽きてきたところだし、ちょうどいい。

育星（いくせい）ゲーム

この地球（ちきゅう）は、シミュレーションゲームの舞台（ぶたい）として誰（だれ）かに操作（そうさ）されていたようです。しかし育成（いくせい）は手詰（てづ）まり状態（じょうたい）。飽（あ）きてプレイをやめてしまうようですが、放置（ほうち）された地球（ちきゅう）はどうなってしまうのでしょうか。

新（あたら）しいゲームというのはいつだって魅力的（みりょくてき）ですが、どうか地球（ちきゅう）をハッピーな状態（じょうたい）にしてから次（つぎ）のゲームに移（うつ）ってほしいものです。

何度ハズれても三十年間毎週欠かさず買っていた宝くじについに当選した。これだけの大金があれば百万枚は買えるぞ！

賞金の使い道

大金を手に入れるためにハズれても買い続けた宝くじ。そして、ついに夢の当選を果たしました。

せっかく大当たりしたのですが、賞金の使い道はまた宝くじ。大金を当てる目的は果たしたのですが……目的と手段が逆転してしまいましたね。

文化の違う異星人たちとの共同生活には不安もあったが、すっかり溶け込めた。星には強力な溶解液が降り注いでいた。

溶け込んだ来訪者

国が違うだけでも文化が違って溶け込むのが大変ですが、生まれた星が違う異星人との生活となると、なおさら大変です。しかし、主人公は「すっかり溶け込めた」と言っています。

実は、その星に降り注ぐ雨は、身体の機能が違う主人公にとっては強力な溶解液。雨を浴びるとみるみる身体が溶けてしまいました。違う意味ですっかり異星の地表に「溶け込んだ」というわけです。

今日(きょう)は親友(しんゆう)と森(もり)へハイキング。親友(しんゆう)はどんどん奥(おく)へと進(すす)んでゆく。「帰(かえ)り道(みち)はわかるの？」「大丈夫(だいじょうぶ)、帰(かえ)らないからね」

一方通行のハイキング

ハイキングでは、事前にコースを把握していないと、道がわからなくなって遭難してしまったり、知らず知らずのうちに崖などの危険な場所に近づいてしまったりする恐れがあります。

しかし、親友は地図も持たずにどんどん奥に進んでいってしまいます。帰り道について尋ねると親友は「帰らない」と言いました。どうやらもうこの世に未練はないようです。

帰り道のない、一方通行のハイキングだったのです。

最近宅配便で自宅に大量の虫が届く。音声認識の発達も考えものだ。スピーカーに嬉しそうに喋るオウムを見て思った。

注文の多いオウム

人間の言葉を認識するスマートスピーカー。主人公の家のオウムはこれをうまく活用して、自らのエサを勝手に大量注文していました。

オウムの喉はさまざまな音を出すことに優れているため、人間の言葉としてスピーカーが認識してしまったのでしょう。残念ながら人間やスピーカーよりオウムの方が一枚上手だったようです。

瓶に入れておいた劇薬を、助手がパンに塗って食べてしまったらしい。大きな字でちゃんと「苺」と書いておいたのに。

毒ジャム

教授が「毒」という漢字を間違えてしまったせいで、「苺」のジャムと勘違いした助手が毒薬をパンに塗って食べてしまいました。助手も瓶を開けた時点で気づいてもよさそうなものですが、不運なことに赤い色の毒薬だったようです。毒薬を食べてしまった助手はこの後、どうなったのでしょうか……。

似ていても、全く別の意味になる漢字はたくさんあります。書く側も、読む側も、取り扱いは慎重に。

楽しみにしていた季節が来た。やはり打ち上げ花火は上から見るに限る。死んだことのない人にはわからないだろうな。

打ち上げ花火、上から見る

打ち上げ花火は、大きいものだと地表から600メートルも離れた上空で開きます。これを上から見ることができるのは、ヘリや飛行機にでも乗るか、空よりもっと上の世界から見るしかありません。たとえば天国とか。天国から見る花火は、きっとどこから見るよりも美しいはず。天国に行った時の楽しみにとっておきましょう。

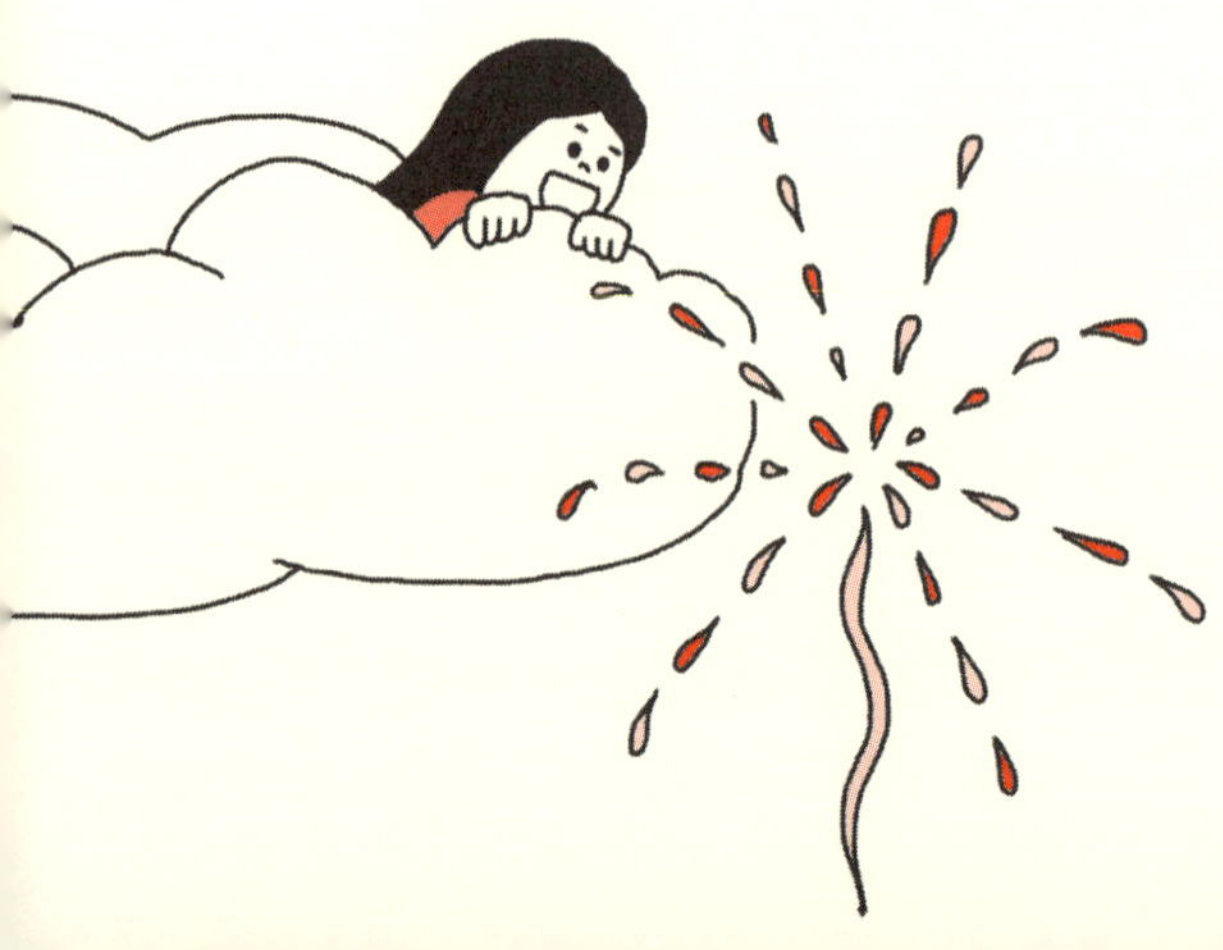

こんな生活はもう嫌だ。そろそろ地に足の着いた暮らしがしたい。真っ暗な宇宙空間を漂いながら、一人で涙を流した。

浮遊生活

よく「地に足の着いた暮らし」と言いますが、これはものの喩えであり、本当に地面に足が着いていることを指しているわけではありません。

どっしりと安定感があり、揺らぐことのない生活を表現する言葉なのですが、このお話の主人公は本当に地に足が着かない状況にいます。こんなに浮ついた状況では、涙も上向きに流れることでしょう。

夏休みが明けて、あいつはまるで別人になった。髪は染まり肌も焼け、頭は肥大化し、喋り方も人間じゃないみたいだ。

夏休みデビュー

夏休みの間にイメチェンを図ってみる、なんて中学生や高校生のあるあるですよね。

成長期の人は、夏休みの間に身長が伸びて大きく体型が変わる人もいます。けれども、頭が肥大化して喋り方も人間じゃないとなると話は別。おそらく宇宙人か何かに身体を乗っ取られてしまったのでしょう。

「今日はどのような症状で？」「い、い、い、い、い、い、いいいいい…」死後、彼は医者アレルギーと診断された。

診断できない病

珍しい持病のある患者が病院に診察に来ました。実は病名が「医者アレルギー」。医者を目の当たりにして、ショック死してしまったようです。

「卵アレルギー」「猫アレルギー」など、世の中にはさまざまなアレルギーがあります。もしも本当にこんなアレルギーがあったら、どんなに治したいと思っても、医者に診てもらうことこそが致命傷になる恐ろしい病気ですね。

未来が写るカメラによると、一万年後ここは海になるらしい。百年後も海だ。一年後も。一日後も。遠くから波の音が。

未来は今

地形というのは刻々と変わっていくので、今現在、陸地である場所が一万年後には海になっていてもおかしくありません。でも一年後に海になっていることはさすがにありえないと思うでしょう。ましてや一日後というのは……。

しかし、この物語の中では一万年後まで影響するほどの天変地異がまさに「今」起こってしまったようです。

奇妙な夢を見た。鏡に映る自分自身に腕を引っ張られ、鏡の中に吸い込まれそうになったところで慌てて目を覚ました。

ようこそ鏡の国へ

「目を覚ました。」の文字が反転していましたね。反転しているのは鏡の中にいるという証拠。つまりあれは夢ではなく、本当に左右が反転した鏡の世界に来てしまったということです。

そして鏡に映っていた自分が、もともと自分がいた世界に解き放たれたということでもあります。

「嘘をついたら鬼が来るよ」脅しのようだけど、子どもをしつけるにはこれくらい言わないと。おや？誰か来たみたい。

しつけのパラドックス

お母さんは、子どものしつけのために、ちょっとした嘘をついて脅していました。鬼が来る、という嘘をついたお母さんのもとに本当に鬼がやってきてしまいます。

あれ？　ということはお母さんが言ったことは本当になるから、鬼は来ないのでは？

ややこしい話ですね。

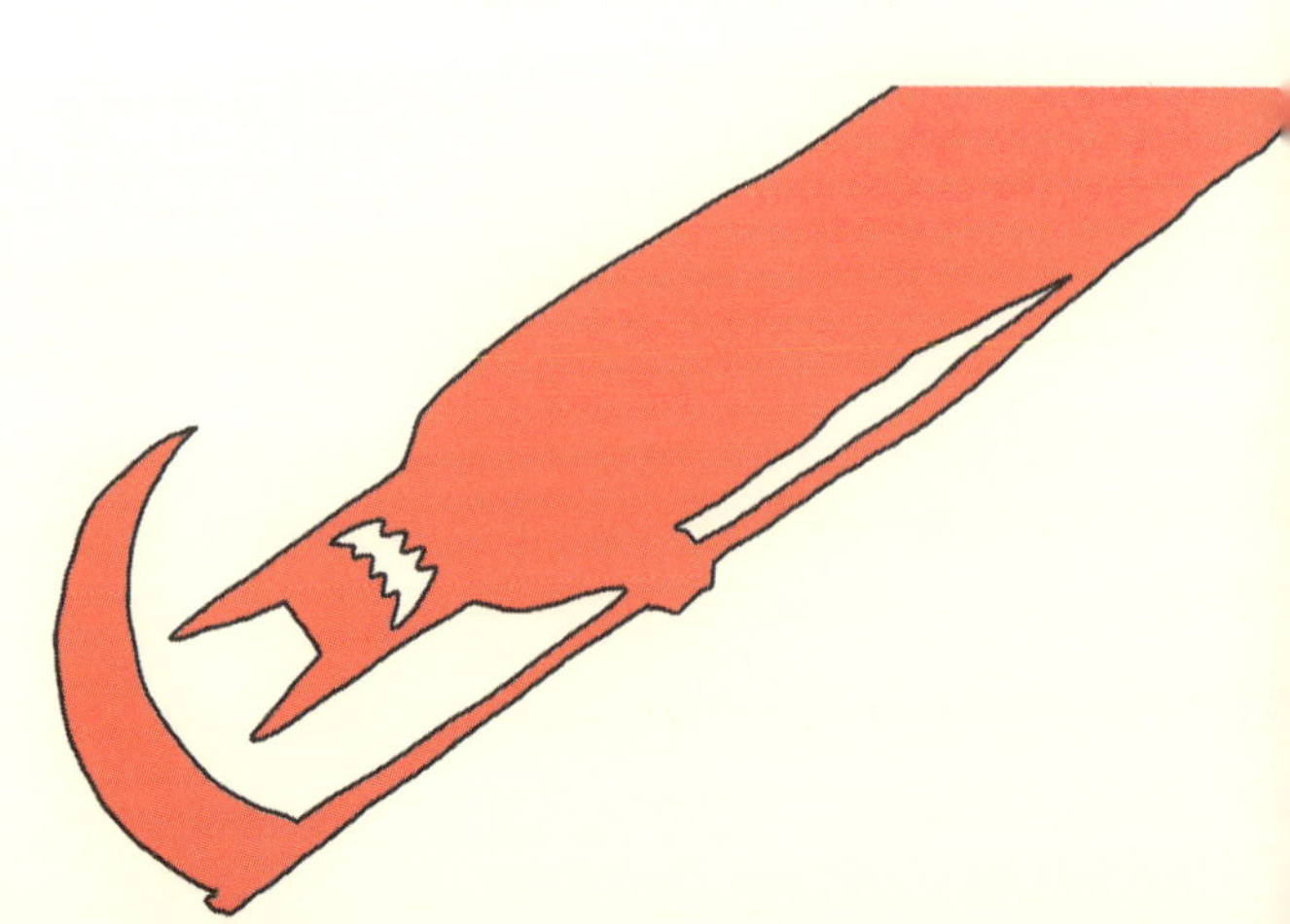

休日だけどやる気は満々。朝から机に向かって明日提出の宿題に取り掛かる。でも始業式までに終わる気がしないなあ。

四十日分の宿題

休日の朝から宿題をしているなんて、なんとも偉い主人公ですが、「始業式までに」ということはどうやら長期休みの宿題のようです。それを休みの最終日から取り掛かろうとするなんて、あまりにも無謀な挑戦。

いくら朝から一日かけてやったところで、できる量はたかが知れています。

打ち解けるのには時間がかかったが、最近は会話もはずむようになってきた。姿は見えないが、きっといい霊だと思う。

解説 かいせつ

霊見知り

どこからか聞こえてきた姿の見えない声と話すうちに、気がついたら仲良くなってしまった主人公。その声の主は幽霊のような存在かもしれませんが、幽霊だから悪いやつと決めつけてはいけないですよね。仲良くなったら、いつか霊の世界を案内してくれるかもしれませんよ。戻ってこられる保証はありませんが……。

刃物で切られて、バラバラにされて、溶かされて、押しつぶされて、また切られて、ここまで来ました。紙と申します。

解説

紙の記憶

原材料の木から紙が生まれるまでの工程のお話です。

最初は木だったところを斧で切り、バラバラに刻み、薬品で溶かし、機械で薄く伸ばし、カットすると紙になります。

今あなたが持っている「本」になるまでには、また切られて、インクを塗られて、折られて、束ねられて……。

紙も苦労しているんですね。

ネットのフリーマーケットで懐かしい服が売られているのを見つけた。あの時ちゃんと燃やして海に流したはずなのに。

あの世からの出品

主人公が殺人を犯した後、証拠隠滅のために燃やして処分したはずの被害者の服が、インターネット上のフリーマーケットに出品されていました。

その事件を知っている何者かが出品しているのか、もしくはあの世から出品されているのか……。少なくとも誰かの手に渡る前に落札した方が良さそうです。

この小型ドローンが発売されてから、暮らしがずいぶん楽になったもんだ。ドラキュラは蚊を飛ばしてもう一眠りした。

食料調達マシーン

蚊といえば、人間の血を吸う虫。そして、人間の血を吸う生き物といえばドラキュラ。

実は蚊はドラキュラが開発した機械で、これによって血を集めているようです。

ドラキュラからすれば、自分で人間を探して吸血する手間が省けて、とてもラクですね。

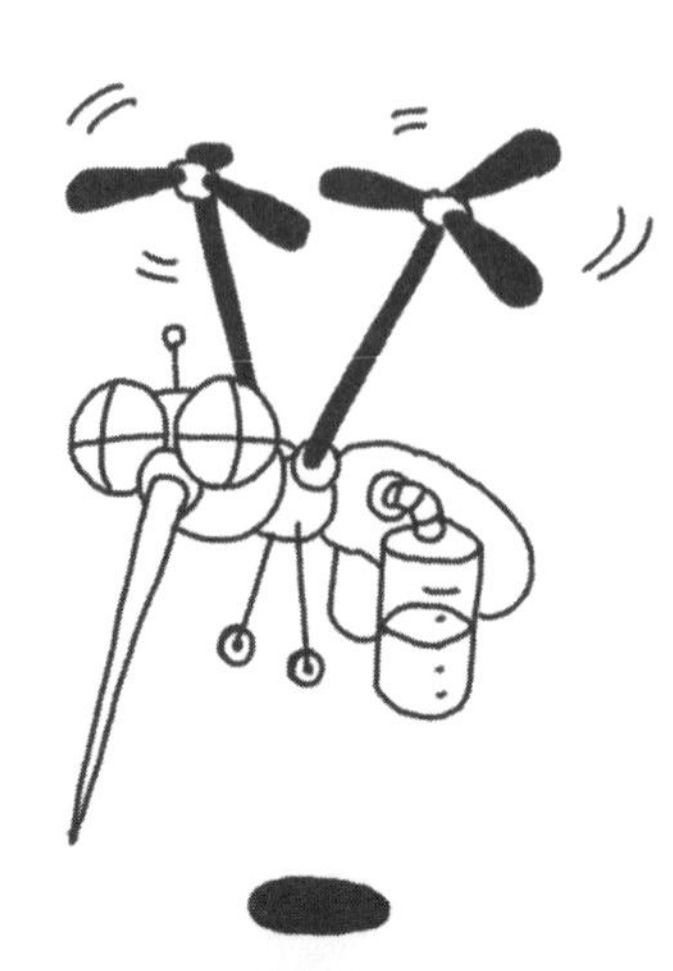

敵キャラの攻撃を全身に受けているのになかなかゲームオーバーにならない。気づけば家の床が真っ赤に染まっていた。

解説 かいせつ

リアルゲームオーバー

攻撃を受けてもゲームオーバーにならず、困惑していると、実はリアルな肉体にダメージを受けていました。人生というリアルなゲームが、ゲームオーバーになってしまったのです。

ありえない、なんて思うかもしれませんが、ゲームに限らず、自分の姿がどうなっているか見えなくなるほど、のめり込みすぎてしまうのは考えものです。

強力な殺虫剤を手に入れた。今までは酸が弱かったがこれは期待ができそうだ。早速地球の雲の上から散布してみよう。

ニュー酸性雨

地球で暮らす人間以外の生き物の中には、人間のことを「生活に害をもたらす不必要な害虫」と思っている、なんてことがあるのかもしれません。

地上にうじゃうじゃいる人間の様子を雲の上から見た主人公は、一刻も早く駆除しなければと考えていました。いろいろな殺虫剤を手に入れては、「酸性雨」として雲の上から散布していましたが、どれも効果が弱く失敗続き。今回は効果があるだろうと手に入れた殺虫剤は、猛毒の酸性雨となって人間たちに降り注ぎました。

病院のベッドで目を覚ましたが、自分の名前も職業もわからない。近くで誰かの声が聞こえた。「母子ともに健康です」

初めての記憶

気がつくと病院のベッドの上にいて、自分のことが何も思い出せない……といっても、記憶を失ってしまったわけではなく、生まれたばかりの赤ちゃんでした。

職業も名前も思い出せないというのは当然で、そもそもまだない状態なのです。人生で唯一と言っていい、一切の記憶がない状態かもしれませんね。

先日地球に落下した小さな隕石の破片を顕微鏡で覗いてみると、人型の生物がこちらを指差してニタニタと笑っていた。

小さな侵略者

地球に降ってきた隕石を調べてみると、そこには一見してわからないくらい小さな、人型の生物の存在が確認できました。指差してニタニタ笑っていることから、人間と同じくらいの知能レベルがありそうです。もしかしたら、地球を征服するためにやってきた生物で、乗っ取りを画策しているのかもしれません。

小さいからと侮っていると、とんでもないことになりそうです。一度見失うと、もう一度見つけるのは至難の業、それでいて、人間と同レベルの知的生命体なんですから……。

ネット注文したマッサージチェアが届いたが、すぐに返品することにした。腰掛けていたあの男も付属品だったなんて。

イメージ写真

通販サイトでマッサージチェアを買ったら、商品だけでなくなぜか知らない男までついてきてしまいました。

どうやら、商品のイメージ写真でマッサージチェアに腰掛けていた男性のようです。購入を決めた人も、まさか座っていた男性も含めての商品だったとは考えもしなかったことでしょう。

それにしても、座ったまま配送された男性は、どんな気持ちでマッサージチェアに腰掛けていたのでしょうか。

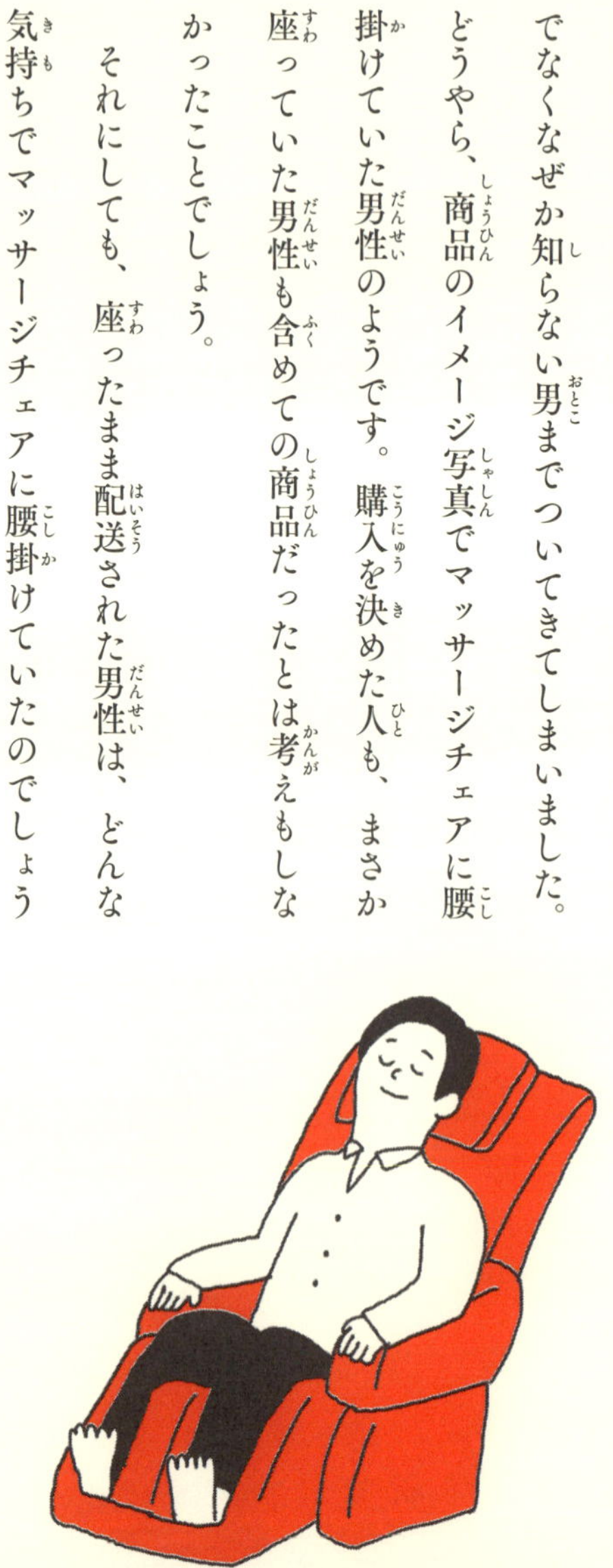

ウイルスに感染して個人情報を抜き取られてしまったようだ。住所も電話番号も自分の名前もさっきから思い出せない。

脳内ハッキング

パソコンの中から住所やパスワードなど大事な個人情報を抜き取ってしまうコンピュータウイルスは、とても恐ろしいものです。しかしこのお話に出てくるのはコンピュータウイルスではなく、人間の頭から個人情報を抜き取ってしまう、もっと恐ろしいウイルスでした。主人公は名前も消去され、自分のことを何も思い出すことができなくなってしまいました。

現実の世界でこんなことが起こったら大事件ですが、ウイルスに感染しなくてもパスワードが頭の中から消えてしまって全く思い出せないことってありますよね。

クラスで一番頭のいい田中くんの答案用紙を完璧に丸写しした。先生のもとには田中くんの答案用紙が二枚提出された。

完璧なカンニング

テストで良い点を取るために、頭のいい田中くんの答えを丸写しすることを思いついた主人公。写すことに集中しすぎたせいで、氏名の欄まで田中くんの名前を写してしまったようです。

その結果、主人公のテストの答案用紙はなくなってしまい、代わりに田中くんのよくできた答案用紙が2つ生まれてしまいました。

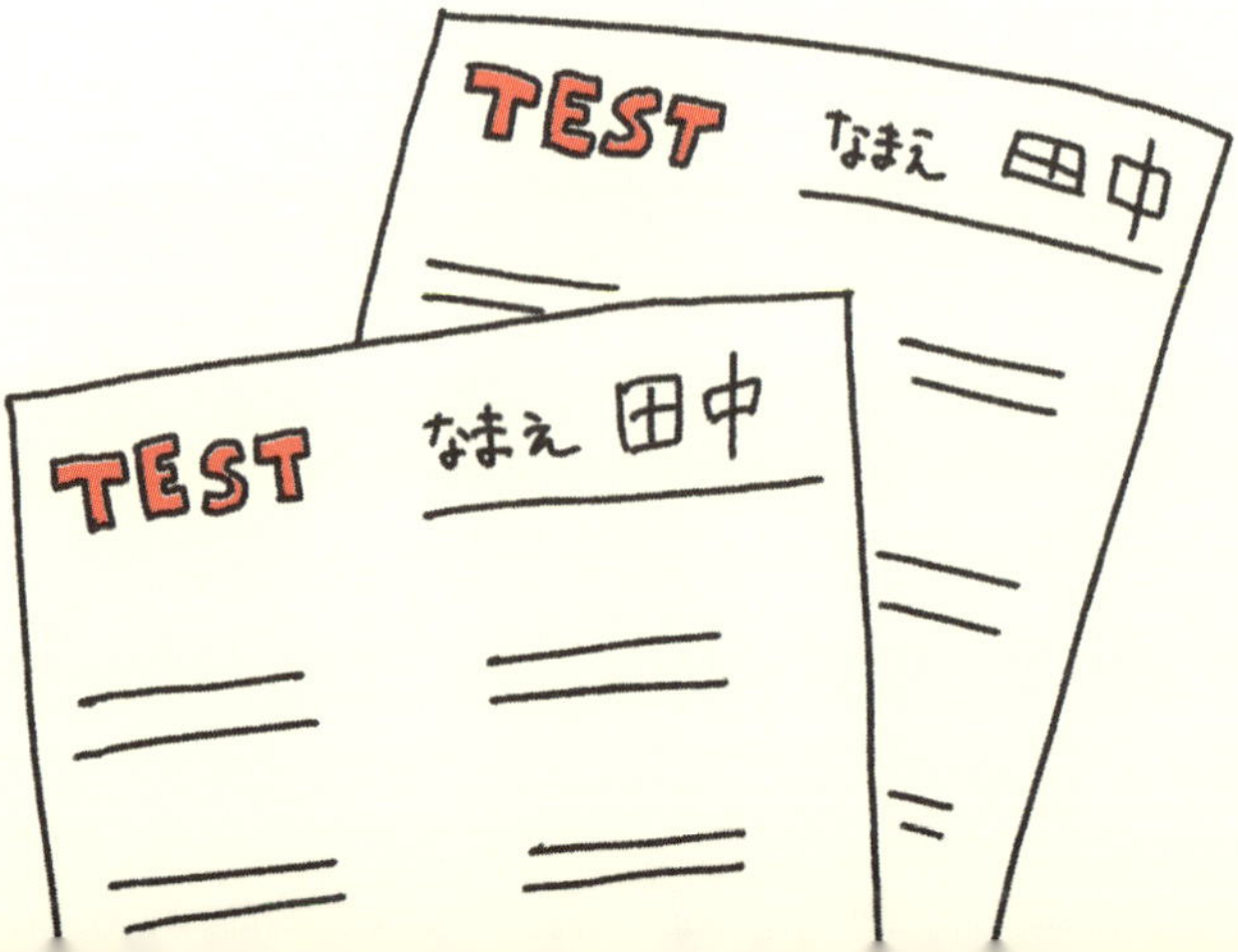

悪魔に不思議な一万円札をもらった。枚数が一日ごとに二倍になるらしい。これで今後お金に困ることなどないだろう。

円フィニティ

一万円札の枚数が一日ごとに二倍になっていくのが本当ならば、確かに今後お金に困ることはなさそうです。10日も経てば１０２４万円という大金になります。1ヶ月で10兆円を超え、3ヶ月も経たないうちに、地球の重さを超えるほどの1万円札が手に入ることになります。

しかし、そんな大金をどこにしまっておけばいいのでしょうか。それ以前に地球は、いや、宇宙は無事なのでしょうか……。

不可解な事件だ。五千人以上いる町民全員が口裏合わせでもしない限り、白昼堂々こんな殺人事件が起こるわけがない。

ありえない事件

どのような状況なのかはわかりませんが、五千人以上いる町民全員が口裏を合わせないと成立しない状況の殺人事件。主人公はありえないという前提で話を進めていますが、どうやらこれ以外の方法はなさそう。

五千人以上の町民が全員で口裏を合わせるということは、背景に大きな闇が潜んでいそうです。

身を護るために絶対に壊れない部屋をつくった。扉も穴もないので誰も侵入できない。さあどこからでもかかってこい。

出口もない部屋

身を護るために、絶対に壊れず侵入する扉も穴もない部屋に引きこもった主人公。この部屋なら外からいくら攻撃されても傷つけられることはないでしょう。これなら攻撃が収まるまで安全に過ごすことができそうです。

ところで、扉も穴もなく壊すこともできない部屋から、どのように外に出ようとしているのでしょうか？　そんなことに気づかないほど必死になって、彼が何から身を護ろうとしていたのかも気になります。

遠い昔の火星に文明があったことを証明したのは、考古学者でも生物学者でもなく、火星に降り立った霊能力者だった。

火星の地縛霊

火星は私たちの住んでいる地球に似ている点が多くある惑星で、生物が存在していてもおかしくないといわれています。

ある時、霊能力者が火星に降り立つと、考古学者や生物学者でさえも発見できなかったものが目の前に現れます。霊能力者がそこで見たものは火星人の幽霊でした。

数ヶ月前にもらった子犬がすくすく成長している。体重は二倍以上になったし、脚の数も六本、八本と順調に増加中だ。

何かへの成長

もらった子犬が成長していくにつれて、犬とは思えない生き物に変化してきています。

子犬と言って主人公にその生き物を託した人は、この生き物の正体に気づいていたのでしょうか？　もしかしたら、すべてを知っていてあえて主人公に飼育をさせるため、嘘をついたのかもしれません。

十年にわたる航海を終えて国に戻ると、自分にそっくりな男が危険な海から還ってきた英雄として人気者になっていた。

名誉泥棒

長きにわたる航海から、やっとの思いで帰ってきた男。きっと国民たちが大歓迎で出迎えてくれるだろうと思っていましたが、誰も迎えがいません。

恐ろしいことに、自分のフリをした別人が国民から英雄扱いされていたのでした。

自分の地位も名誉も、全く知らない人に乗っ取られてしまったのです。

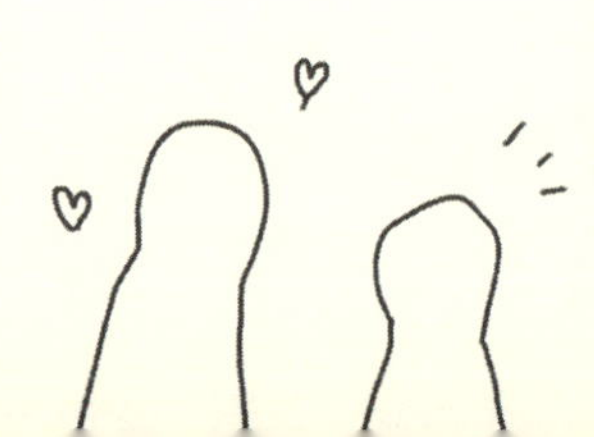

台風の目に入ったらしく、さっきまでの雨雲が嘘みたいになくなった。その代わりじっと誰かに見られている気がする。

台風の目

台風の渦巻きの中心は、雲がなく空洞のようになっています。それが目のように見えるため「台風の目」と呼ばれていますが、もちろんものの喩えです。しかしながら、主人公はどこからか視線を感じています。

台風が生き物で目があるとしたら、その場所だけ雨が降らないのは、あなたをジッと見つめているからかも？

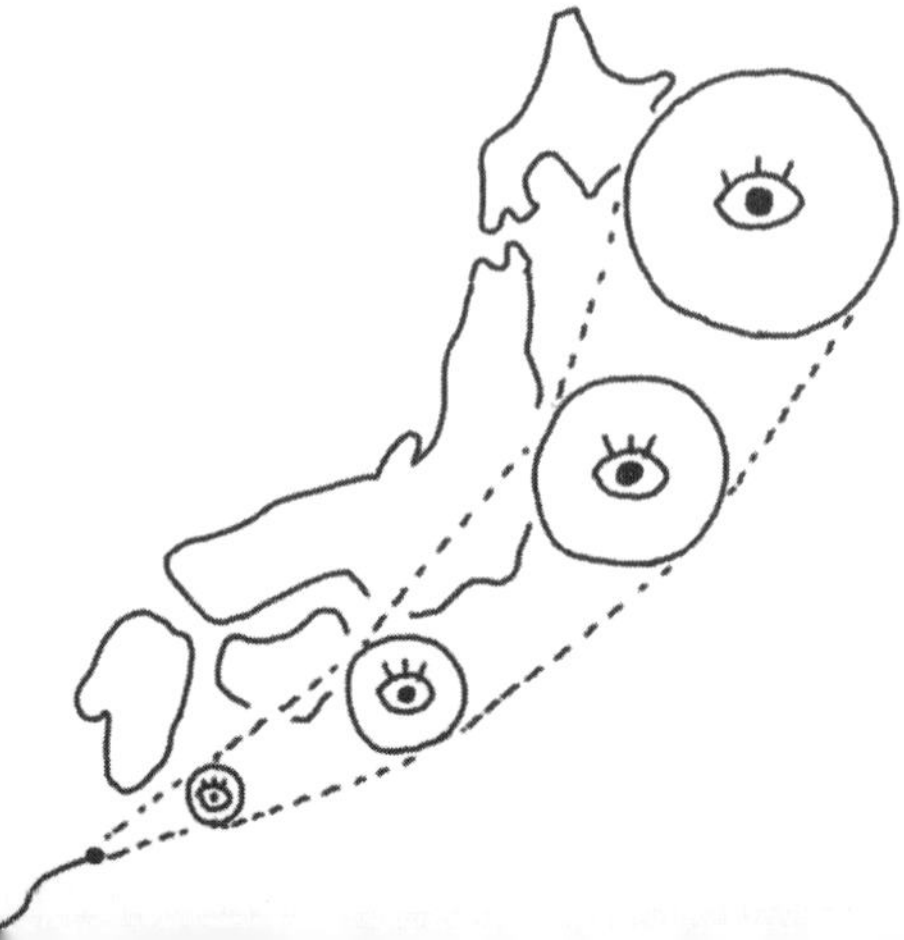

仲間と共に長い年月をかけて、ついに邪知暴虐の独裁者を倒した。さあ、民衆よ！これからは私の言うことを聞くのだ！

独裁の連鎖

悪知恵で人々を支配し苦しめていた独裁者に抗うべく仲間とともに戦っていましたが、倒したあとには歯向かっていた本人が独裁者になってしまいました。

地位・権力・金などは、手に入れた瞬間に人が変わってしまうほどの影響力がある、とよく言われます。自分が偉くなったような気持ちになって、気づいたら独裁者になっていた……なんてことにならないように気をつけましょう。

最近は自分の身体を気遣って、塩分を摂りすぎないようにしているよ。うっかりすると、魂がお清めされちゃうからね。

除霊食

塩分の摂りすぎは病気につながるので、食生活で気にしている人は多いですが、主人公にはそれとは違う理由がありました。

塩には霊や良くないものを浄化して追い払う力があると言われています。お祓いや盛り塩として使われているのを見たことがある人もいるかもしれません。

自分が霊なので、浄化されないように塩の摂りすぎに気をつけているというわけだったようですね。

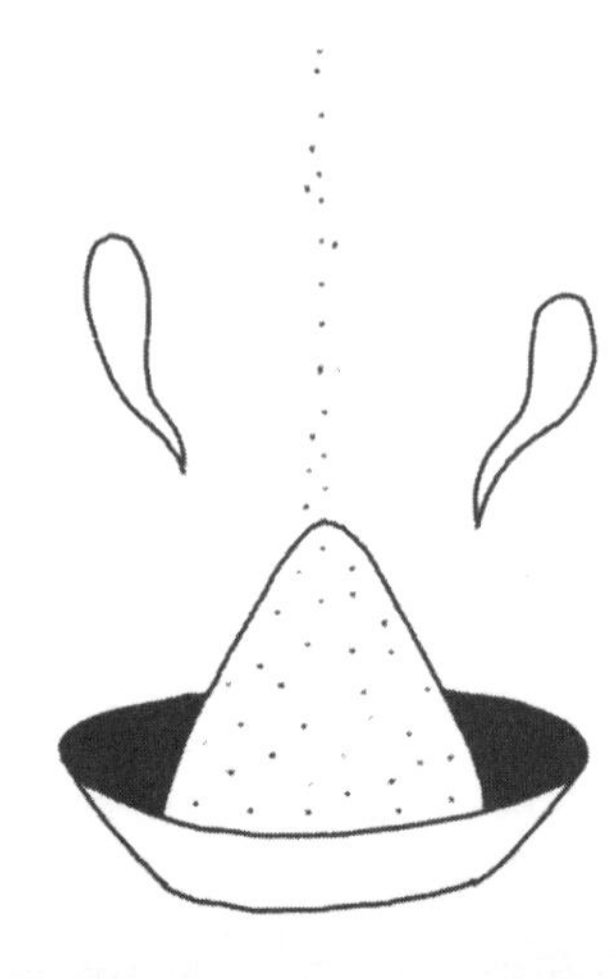

委員長が今日も叫ぶ。「ちょっと男子！サボらずちゃんと掃除してよね。まだ北半球に数万人生き残ってるじゃない。」

地球美化委員長

掃除をサボっている男子に毎日のように注意する委員長。ところが彼女は教室を掃除しようとしているわけではなく、地球上の邪魔になった人類を一掃しようとしているようです。そして恐ろしいことに、地球全体の人口約七十五億人に対して、「北半球に数万人生き残ってる」と言っています。すでに大半の人類は滅亡し、南半球は完全に制圧されてしまったようです。

友人が家に遊びに来た。「トイレ貸して」「いいよ」その直後、彼は突然外に飛び出し、ブルドーザーを操縦しだした。

持ち出し厳禁

「トイレ貸して」。そう言ってなぜかトイレに入らず外へ出て行ってしまった友人。戻ってきたと思ったら、トイレを丸ごと借りようとブルドーザーを操縦し始めました。

確かに貸すことは許可しましたが、丸ごと持っていってしまうなんて想像もしませんよね。

「トイレ貸して」は普通であれば「トイレ使わせて」という意味だと解釈すると思います。しかし友人は「本貸して」と言われたら本を丸ごと貸すのと同じ感覚で「貸して」と言っていたようですね。

今回もテレポーテーションの実験は失敗。自分のコピー人間がまた一人増えてしまった。やれやれまた食費がかさむぞ。

失敗ファミリー

今の場所から違う場所に全く同じものを転送するテレポーテーション。主人公は自分を転送して瞬間移動する実験をしていました。

ところが、実験はまた大失敗。新しいもう一人の自分が違う場所に出現してしまったのです。

失敗のたび新しい自分が増えていきますが、コピーとはいえ自分は自分なので放っておくわけにもいきません。増えた自分にもご飯を用意しなければいけないので、たくさんお金がかかってしまいます。心配すべきところは他にもたくさんありそうですが……。

いつも宿題を代わりにやってくれていたあいつが、今日は笑顔でノートを渡してきた。俺の名前で遺書が書かれていた。

最後の宿題

宿題をクラスメイトにやらせていたいじめっ子。ある日、そのクラスメイトから満面の笑みでノートを返されます。中身を確認してみると、自分の名前で遺書が書かれていました。どうやら、自殺に見せかけて主人公を殺す方法を思いついたようです。

殺人はもちろんダメですが、他人から恨みを買うような行為もしてはいけませんね。

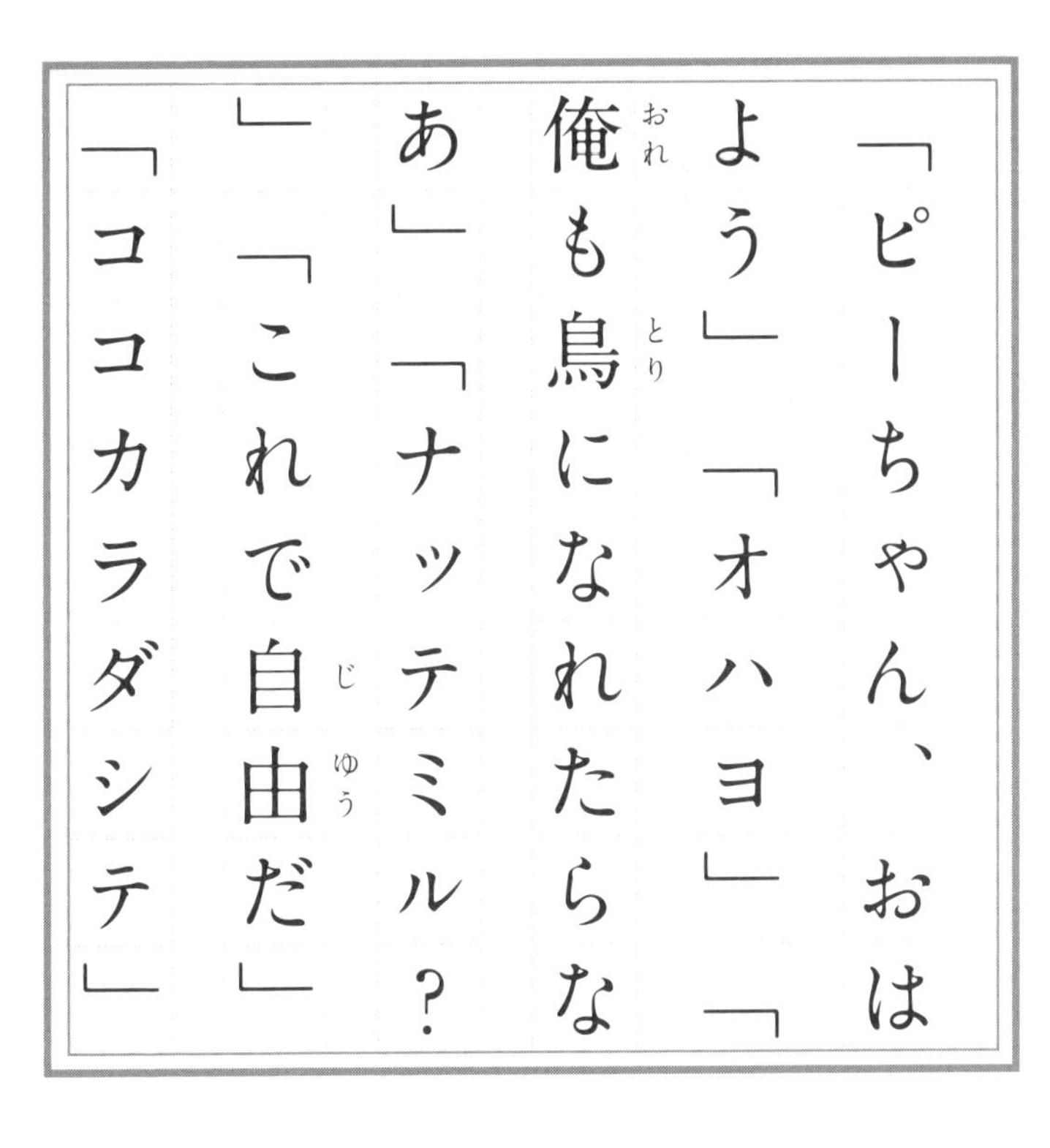

「ピーちゃん、おはよう」「オハヨ」「俺（おれ）も鳥（とり）になれたらなあ」「ナッテミル？」「これで自由（じゆう）だ」「ココカラダシテ」

鳥の名は。

インコの飼い主がふと「鳥になりたい」とつぶやいたところ、インコから「ナッテミル？」とまさかの返事が。その瞬間、身体がインコと入れ替わり、鳥カゴに閉じ込められてしまったというお話です。

翼があるのに大空を飛べなかったインコは、晴れて自由の身となったわけです。

夜な夜な、イベントのためにゲームのコントローラーを握る。何があっても毎日。あれ？コントロールされてるのは私？

コントロール

毎晩行われるゲーム内でのオンラインイベントを心から楽しみにしている主人公。どんなに眠くても、どんなに忙しくても、他の大事な予定をキャンセルしてでもゲームが最優先。毎晩時間ぴったりにテレビ画面の前に座り、ゲームの世界に入り込んでしまいます。いつの間にか、生活リズムや人間関係をすべてゲームに支配されてしまいました。

ゲームをうまくコントロールしている一方で、自分の生活をゲームにコントロールされてしまったようです。

「先生、最近胸が苦しくて、頭もぼーっとするんです」「では一度深呼吸をしてみてください」「呼吸って何ですか？」

呼吸を知らない男

これは生まれてこの方「呼吸」というものを知らなかった男のお話。「そんな便利なものがあったなんて」と男は大変驚いたことでしょう。ずっと酸欠状態だったとしたら、胸が苦しくて頭がぼーっとするなんてレベルではないはずなのですが……。

さすがに呼吸を知らない人はいないと思いますが、誰しも自分だけが知らなかった常識の一つや二つあるもの。困っていることを家族や友達に相談してみたら、あっさり解決するかもしれません。

「あれ？今何をしようとしていたんだっけ？」地下室まで来たはいいが、全く思い出せない。手には包丁を握っていた。

不穏など忘れ

今何をしようとしていたか忘れてしまった、なんてど忘れはよくありますよね。

忘れてしまうくらい些細なことなら問題ないのですが、地下室で手には包丁を持っているという状況でいったい何をしようとしていたのでしょうか。今回のど忘れは、なんだかただごとではありません。思い出せても思い出せなくても、恐ろしい気がします。

何気なく「暇だなあ」とつぶやくと「一緒にあそぼうよ」とリプライが届いた。私の独り言を盗み聞きしているのは誰？

リアルツイート

あなたは「つぶやく」という言葉を読んで、ＳＮＳに独り言を書いて投稿する様子を思い浮かべたかもしれません。しかし、この主人公は独り言を声に出してつぶやいただけでした。それなのにＳＮＳにリプライ（返信）が来たということは、知らない誰かがこの主人公の声を盗み聞きしていたということです。

主人公が数分前にＳＮＳに投稿していたお店や景色の写真から居場所を特定して、すでに誰かが近くに来ているのかもしれません。楽しいことを共有できるＳＮＳですが、使い方には十分注意が必要ですね。

横になる彼女の指をそっと拝借し、指紋認証でスマホのロックを解除した。そして私は彼女の指をポケットにしまった。

指切り

あなたは、誰かのスマホをこっそり見てしまったことはありますか？

この男は、彼女の浮気を疑ってスマホの中を見ようと、彼女が寝ている間に指を借りて指紋認証のロックを解除したようです。

しかしこのお話では、横になっている彼女が目を覚ますことはありませんでした。なぜなら彼は彼女を殺して指を切り離し、文字通り指を「借りた」から。

なお、細胞が死んだ指では指紋認証はできないらしいので、変なことを考えないよう「指切り」してください。

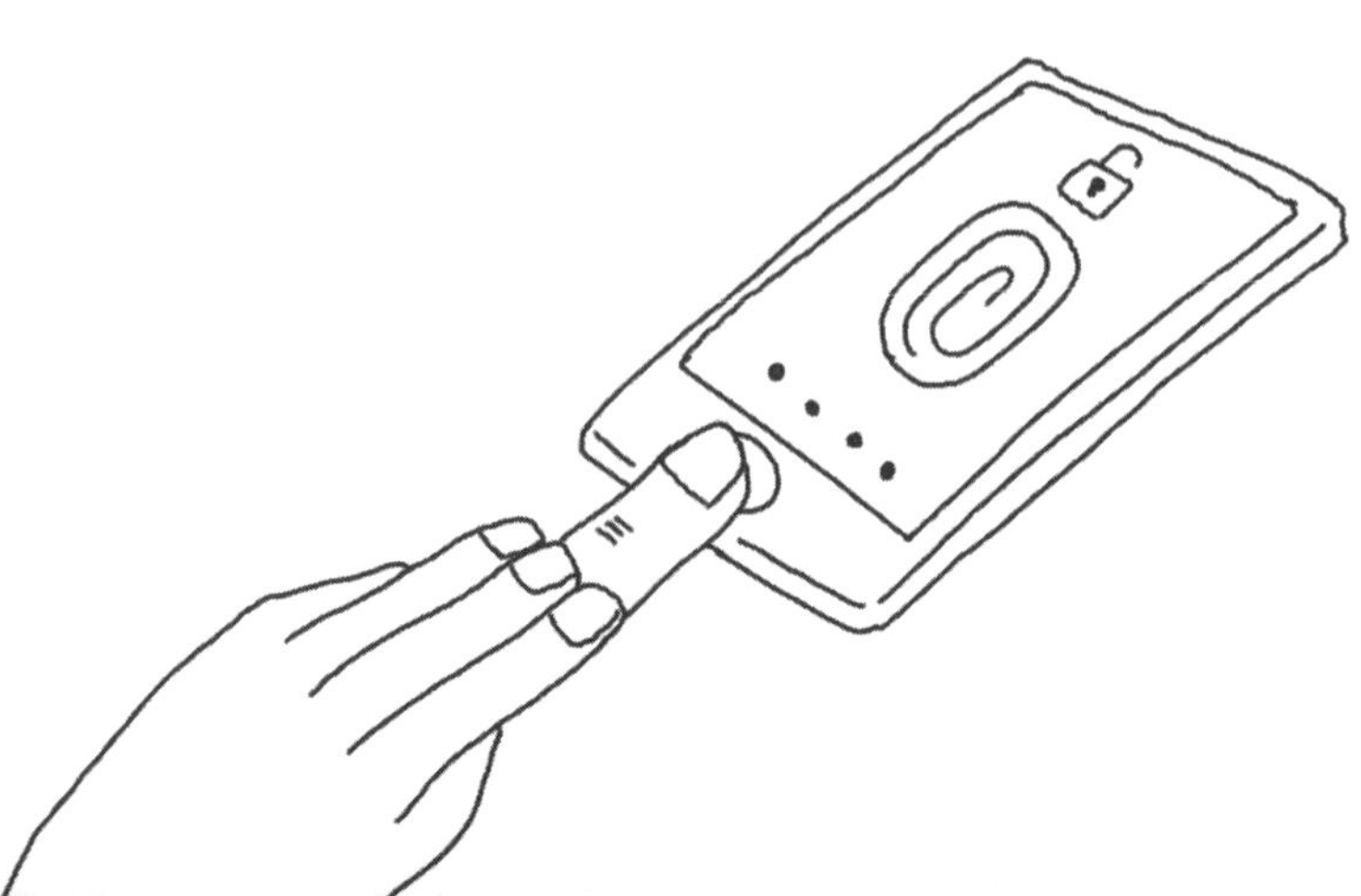

通行人から盗んだ財布にはたくさんのカードや小銭、そしてお札が入っていた。血の染み込んだ呪いのお札が、大量に。

財布のお札

「お札」には「おさつ」と「おふだ」の2種類の読み方があります。

盗んだお財布にはたくさんの「お札」ではなく、たくさんの「お札」が入っていました。しかもそれは血の染み込んでいる呪いの「お札」だったのです。お金を盗むつもりだったのが、呪いまで自分のものになってしまいました。

人のものを盗むことはいけないことです。このお話のようにとんでもないものまで盗んでしまうかもしれません。

霊界のインクで書けば、こんなふうに人間には読めない文章が書けるんですよ。おっと、例外の人間もいるようですね。

ゴーストインク

実は、前のページの文章は霊界の特別なインクを使って書かれています。幽霊の姿が見えないのと同じように、普通の人間にはこのインクで書かれた文字は見えないので、読むことはできないはずです。

もしかすると、あなたはあの文章が読めてしまったのではありませんか？　そうだとしたら、あなたは霊が見えてしまう「例外」の人間なのかもしれません。これからも見えないはずのものが見えることがあるかもしれませんが、驚かずにそっとしておいてくださいね。

賞味期限は美味しく食べられる期限のことだから、食べても別に問題ないんだよ。ところでこの瓶の中身は何だったの？

原形なし

賞味期限が過ぎすぎて、元々の形状を想像できないくらいに原形がなくなってしまいました。賞味期限は確かに「美味しく食べられる期限」なので、少しくらい過ぎてしまっても健康に影響はありません。

しかし、賞味期限を数年、数十年も過ぎて原形を留めていない食べ物は、さすがに口に入れない方がいいでしょう。

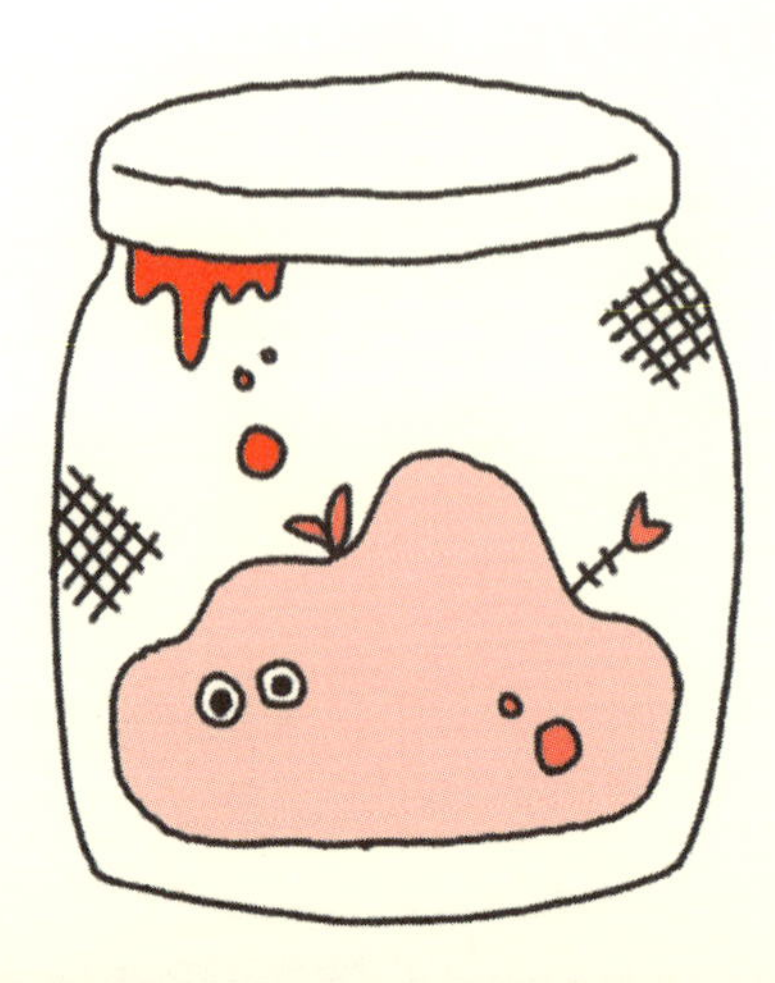

帰宅すると窓に手形がたくさん残っていた。この寒さで曇った窓ガラスに、近所の小学生がいたずらでもしたんだろう。

内側の手

曇った窓ガラスに指で文字や絵を書いて遊んだことはありませんか？　あの曇りは外と内の寒暖差によってできるもので、窓の内側だけが曇るのです。つまり外側からは手形はつけられないということ。

近所の小学生が外からつけたものではなく、家の中に家族がいるわけでもありません。そのことに気づいた主人公が後ろを振り返ると……もうおわかりですね？

最近うちの畑がよく荒らされている。カカシは効果がなかったようだ。それにしてもコイツ、こんなに太っていたかな。

畑荒らし

野生動物が畑の作物を荒らすのを防ぐために置く人形のカカシ。効果がなかったと主人公はぼやいていますが、実は畑荒らしを撃退するはずのカカシが犯人でした。

このカカシは毎日夜になるとひとりでに動きだして野菜をむしゃむしゃ食べ、すっかり太ってしまったようです。

「ドンドンドン」さっきからノックが止まらずイライラしてきた。一人暮らしなんだからトイレくらいゆっくりさせろ！

ノックの音

飲食店などのトイレに入って用を足している時、扉をノックされて急かされるのはあまり気持ちのいいものではありません。

ですが、もしも自分以外誰もいない一人暮らしの家でトイレの扉をノックされたら……怒りよりも先に恐怖を感じるでしょう。

この物語の主人公は、トイレの時間を邪魔されたことに怒って叫んでいますが、そもそも扉の向こうにいるのは何なんでしょうか……？

リアリティのある見事な演劇だった。女優が刺されて血しぶきが上がった直後、急に幕が降りた。唐突なオチだったなあ。

リアルサスペンス劇場

サスペンスを題材とした演劇やドラマでは、事件が起きるシーンで血しぶきが上がることがあります。もちろん実際に刺されているわけではなく、血のりなどを使って演出しているのですが、このお話では血しぶきが上がった直後、慌てたように幕が降ろされました。

この演劇には予定されていないシーン、つまり本当の刺殺事件が起こってしまったのでした。

帰宅すると部屋がぐちゃぐちゃに荒らされていた。怯えながら防犯カメラの映像を見てみたが、誰も映っていなかった。

ポルターガイスト

家に帰ってきて部屋がぐちゃぐちゃになっていたら、普通は泥棒を疑いますよね。主人公も同じように考え、急いで防犯カメラの映像を見たようですが、そこに映っていたのは、誰もいない部屋で勝手飛び交う家具や物の数々。

人が明確な目的を持って荒らすことより、目に見えない何かが理由もなく荒らすことの方が怖いかもしれませんね。

「富士山は静岡のものだ」「いや、山梨だ」「二人ともやめろ。まずは俺たちがあいつらから地球を取り返さなければ」

大きな領土問題

日本一の高さを誇る富士山は静岡県と山梨県の間に位置していますが、山頂付近は県境が定まっていないそうです。そのため古くから「富士山は何県か?」という論争が行われてきました。この物語の二人は、地球を宇宙人に占領されてしまった状況でも、富士山がどちらの県のものかで言い争っています。

静岡と山梨の両県民にとって富士山がどちらのものなのかは、確かに大事なことです。しかし、地球が自分たちのものでなくなってしまったら、元も子もありませんね。

この街では最近子どもの失踪事件がたくさん起こっている。それと同時に街中で雪だるまを目にすることが多くなった。

ゆき先不明

子どもの失踪事件が頻繁に起こっている街。消えた子どもたちの数と比例するように、街中には雪だるまが増えていきました。

子どもたちが自ら望んで雪だるまになっている、というのは考えづらいので、何者かが子どもたちを雪だるまに変えていると考えるのが自然でしょう。

スキー場でリフトから降りそこねてしまった。このまま下まで戻っていくかと思っていたら、どんどん上に進んでいく。

天国へのリフト

一般的なゲレンデにあるリフトは、コースの頂上まで上がっていくと折り返して下っていくものです。

しかしながら、降りそこねてしまった主人公を乗せたリフトは、下に向かわずどんどん上に進んでいってしまいます。降りそこねてしまった人を天高く運んでいってしまう、天国へのリフトだったのでした。

「バケツの水をひっくり返したような雨だなぁ」と言っていると雲の上から「いや、タライだよ」と言う声が聞こえた。

雨の正体

「バケツをひっくり返したような雨」というのはまとめて一度に降ってくる、強い雨のことを指します。

バケツというのはあくまでも人間が想像したものの喩えです。ところが実際に、タライをひっくり返して雨を降らしている、と答える声が天から聞こえてきました。

雲の上にはいったいだいが何がいるのか……ちょっと不気味ですが、タライを使っていると考えてみると、強い雨の日も少しだけ楽しくなるかもしれません。

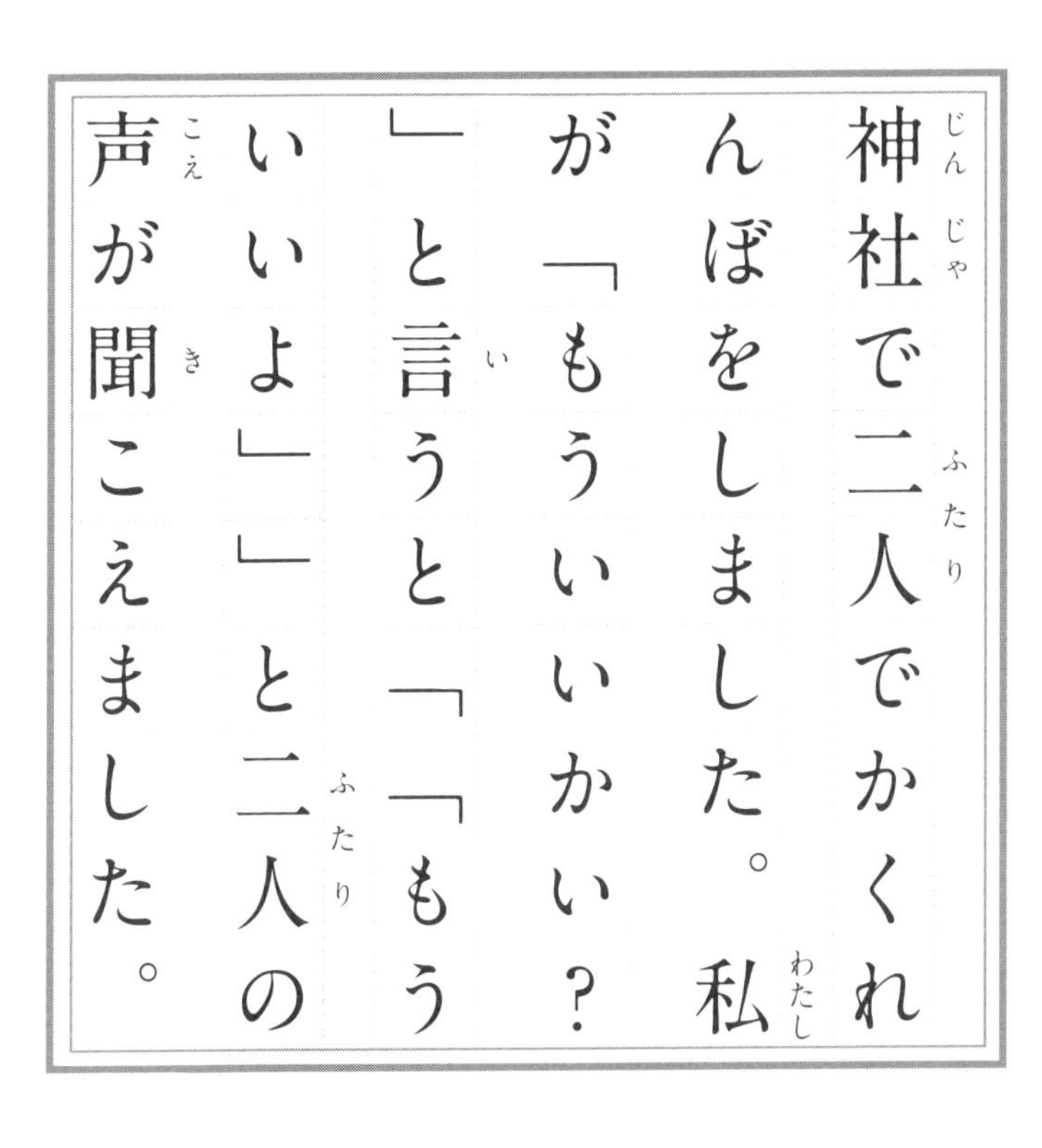

神社で二人でかくれんぼをしました。私が「もういいかい？」と言うと「もういいよ」」と二人の声が聞こえました。

かくれん亡

二人でかくれんぼをしていたのに、「「もういいよ」」と二人の声が返ってきました。自分も含めると、そこに存在しているのは三人ということになります。

どうやら一緒に遊んでいた友達以外に、もう一人、何者かが紛れ込んでいるようですね。早く友達を見つけて神社から逃げた方がよさそうです。

喪服姿の人が長い列を作っている。どこまで続いているんだろう、と辿っていくと一人暮らしの僕の家の玄関に着いた。

葬列

いつもの帰り道になぜか喪服を来た人の長蛇の列が。いったい何事かと思い、その列の先頭に来たところ、そこは自分の家の玄関でした。

主人公はすでに死んでいるのでしょうか。それとも、この後に事故か病気によって死ぬことを予期してみんな待っているのか。

どちらにしても怖いですね。

見覚えのない女に私は突然連れ去られた。翌日、テレビでは私を育ててくれた母が誘拐の容疑者として報道されていた。

二人の母

彼女はこれまでお母さんだと思っていた人が、実は自分を誘拐した犯人だったことをテレビで知りました。本当のお母さんは、昨日まで一緒に生活していた人ではなく別のところにいたのです。確かに物心つく前に誘拐されて、それ以降優しく育ててもらっていたら気づくタイミングはないかもしれません。

私をオーディションで落とした芸能事務所に仕返しをした。翌日、私はニュース番組で念願の全国デビューを果たした。

テレビデビュー

テレビで活躍するアイドルを夢見て芸能事務所のオーディションを受けた主人公。結果は残念ながら落選。この結果にショックを受けた彼女は、芸能事務所を恨み、あろうことか事務所を襲撃してしまいます。

次の日、各局のニュース番組は「女が芸能事務所を襲撃」という話題でもちきり。

夢見ていた形とはだいぶ違いますが、テレビで日本全国からの注目を集めることになったのでした。

ちょうど五年後の自分が現れて「もっと頑張っておけ」と連日説教する。ある日、パタリと来なくなった。清々したぜ。

未来からの忠告

五年後の未来の自分は、現在の自分に必死に忠告をしていますが、一向に聞き入れられません。

実は未来の自分は死期が迫っていることを知ったから説教をしにきていましたが、ある日、途中で力尽きて死んでしまったためパタリと来なくなったのでした。

五年後の自分の努力も虚しく、現在の自分は変わらない未来に向かって進んでいくことになってしまうのです。

私は寿命を正確に言い当てる占い師。さっきのお客さんの寿命は来月だ。今回も外さないようにしっかり準備しないと。

外れない占い

寿命を正確に言い当てる、と評判の占い師がいましたが、実は占いでもなんでもなく、予言した日付にお客さんを処分しているだけでした。占いを正解にするためには手段を選ばない、非情な占い師だったのです。

もはや占いでも、予言でもなく、殺害予告ですから、占い師ではなく殺人鬼ですね。

言い伝えによると、百話の怪談を語り終えると化け物が現れるそうだ。でも最近のお化けはせっかちだそうで、九十話

54字の物語をつくってみよう！〜テーマの掘り下げ編〜

前作『54字の物語』の巻末では、「54字の物語」の作り方のコツとして、次のような**「普通の逆転」**発想法を紹介しました。

1、**物語のシチュエーションを決める**
2、**そのシチュエーションの「普通の物語」を考える**
3、**「普通じゃない物語」になる状況を考える**
4、**3について「なぜそうなったのか？」「何が起こったのか？」を考える**
5、**文字数を気にせず書いてみる**
6、**54字に調整する**

このゾク編では、**「テーマの掘り下げ」**発想法について紹介します。

テーマを掘り下げるコツ

(1) 物語のテーマを決める

「怖い話」「面白い話」「不思議な話」など、まずは物語のテーマ（大まかな方向性）を決めましょう。

(2) テーマに沿った自分の体験や、映画・漫画などの作品を思い出す

たとえば「怖い話」をテーマにする場合は、「先生が急に怒って怖かった」「壁のシミが顔に見えて怖かった」など**自分自身が体験して怖かった思い出**や、『ジュラシック・パーク』『リング』など、**今までに観た怖い映画**のことを思い出してみましょう。

※面白い話をテーマにする場合は、面白かった自分の体験や作品を思い出してみてください。

（3）「なぜそう思ったのか？」を考えよう

ここが一番大事なところです。（2）で挙げたことについて、**「なぜ怖いと思ったのか？」「何が怖いのか？」**を考えてみましょう。

※面白い話をテーマにする場合は、「なぜ面白いと思ったのか？」を考えてみてください。

たとえば、映画『ジュラシック・パーク』は簡単に言うと「人間が復活させた恐竜が人間を襲う」映画ですが、じっくり考えてみると、たくさんの「怖さ」が見つかります。**「大きな生き物に襲われる怖さ」「人間が怪物を作り出してしまう怖さ」「欲に目がくらんだ人間の怖さ」「何かがじりじり近づいてくる怖さ」「鋭い牙や爪の怖さ」**などです。

映画などの作品ではなくても、「先生が怒って怖かった」という体験も、よく考えてみると、**「大きな声を出される怖さ」「自分の悪事がバレそうになる怖さ」**

「一方的に悪いと決めつけられる怖さ」「自分が正しいと信じている大人の怖さ」

など、様々な種類の「怖さ」があることに気づきます。

(4)(3)で気づいたことを元に、テーマに沿った物語を書いてみる

この本のテーマは「怖さ」ですが、物語を書き始める前に、「怖さ」の種類を200個ほどリストアップするところから始めました。例えば、69ページの「注文の多いオウム」は映画『ジュラシック・パーク』などで描かれているような「(人間以外の)知能の高い生き物の怖さ」から。39ページの「知らない法律」は、僕の大好きな映画『トゥルーマン・ショー』の**「自分だけが知らない怖さ」**から発想を得た物語です。

映画や漫画のストーリーをそのままマネしてしまうのはNGですが、その物語の「何に心を動かされたのか」を考え、発想を組み合わせることで、自分だけのオリジナルストーリーを作ることができるはずです。

(5)最後に、物語を54字に調整して完成！

次の三つの基本ルールをふまえて、物語を54文字に調整したら、完成です。

1、文字数は、54字ぴったりに収めること（ただし例外もあり）

2、句読点やカギ括弧にも1マス使うこと。（その代わり、通常の作文では「!」「?」の後は1マス空けますが、54字の物語では空けなくてOK）

3、文字数を調整するために、句読点を使いすぎたりしないこと。

ここで紹介した考え方は、ほんの一例です。作り方にとらわれず、まずは自由に考えてみてくださいね。

この次のページに、「54字の物語」専用の原稿用紙を掲載しています。

ぜひ、皆さんも挑戦して、「#54字の物語」のハッシュタグを使ってSNSに投稿してみてください！

●作／絵
氏田雄介（うじた・ゆうすけ）
平成元年、愛知県生まれ。企画作家。株式会社考え中代表。著書に、1話54文字の超短編集『54字の物語』シリーズ（PHP研究所）、世界最短の怪談集『10文字ホラー』シリーズ（星海社）、当たり前のことを詩的な文体で綴った『あたりまえポエム』（講談社）、迷惑行為をキャラクター化した『カサうしろに振るやつ絶滅しろ！』（小学館）など。「ツッコミかるた」や「ブレストカード」など、ゲームの企画も手がける。CHOCOLATE Inc.にプランナーとして所属。

●デザイン
村山辰徳
協力／株式会社サンプラント　東郷猛

●組版
株式会社 RUHIA

●プロデュース
小野くるみ
（PHP研究所）

● Web制作
君塚史高

● Special Thanks
こうけつほのみ、渋谷獏、高谷航、長谷川哲士、日野原良行、前田瑞季、水谷健吾、村上武蔵、もっちょ、wakuta、渡邉志門、一緒にネタを考えてくれた皆さま

意味がわかるとゾクゾクする超短編小説　ゾク編
54字の物語　怪

2018年11月30日　第1版第1刷発行
2025年1月8日　第1版第16刷発行

作・絵　氏田雄介
発行者　永田貴之
発行所　株式会社PHP研究所
東京本部　〒135-8137　江東区豊洲5-6-52
児童書出版部　☎03-3520-9635（編集）
普及部　☎03-3520-9630（販売）
京都本部　〒601-8411　京都市南区西九条北ノ内町11
PHP INTERFACE　https://www.php.co.jp/
印刷所　TOPPANクロレ株式会社
製本所　東京美術紙工協業組合

ISBN978-4-569-78821-0

NDC913　191P　20cm